Collection **L'Imaginaire**

Ernst Jünger

SUR LES FALAISES DE MARBRE

Traduit de l'allemand par Henri Thomas

Gallimard

Titre original :

AUF DEN MARMORKLIPPEN

Romancier et essayiste allemand né à Heidelberg en 1895, Ernst Jünger se porte volontaire lors de la Première Guerre mondiale, puis entreprend des études de sciences naturelles et de philosophie jusqu'en 1925. Bien qu'officier de la Wehrmacht, il ne cautionne pas les théories du national-socialisme. Jünger s'établit en 1950 dans un village de Souabe, et effectue alors de nombreux voyages jusqu'à sa mort en 1998.

Commencé fin février 1939 à Uberlingen
près du Bodensee
Achevé le 28 juillet 1939 à Kirchhorst près de
Hanovre
Revu en septembre 1939 aux Armées

I

Vous connaissez tous cette intraitable mélancolie qui s'empare de nous au souvenir des temps heureux. Ils se sont enfuis sans retour ; quelque chose de plus impitoyable que l'espace nous tient éloignés d'eux. Et les images de la vie, en ce lointain reflet qu'elles nous laissent, se font plus attirantes encore. Nous pensons à elles comme au corps d'un amour défunt qui repose au creux de la tombe, et désormais nous hante, splendeur plus haute et plus pure, pareil à quelque mirage devant quoi nous frissonnons. Et sans nous lasser, dans nos rêves enfiévrés de désir, nous reprenons la quête tâtonnante, explorant de ce passé chaque détail, chaque pli. Et le sentiment nous vient alors que nous n'avons pas eu notre pleine mesure de vie et d'amour, mais ce que nous laissâmes échapper, nul repentir ne peut nous le rendre. Ô puissions-nous, d'un tel sentiment, tirer une leçon dont nous nous souviendrions à chaque instant de notre joie ! Plus doux encore est le souvenir des années que nous versa le ciel, si ce fut une soudaine épouvante qui les termina. Nous comprenons alors quel bonheur c'est déjà pour nous autres hommes, que de vivre au fil des jours en nos petites sociétés, sous un toit paisible, parmi les bonnes conversations, salués d'un bonjour et d'un bonsoir également tendres. Hélas, nous reconnaissons toujours trop tard que la fortune qui nous donnait ces choses nous ouvrait déjà ses trésors.

C'est ainsi que pour ma part je me souviens des temps où nous vivions au bord de la vaste Marina, et la mémoire alors suscite ses enchantements. Pourtant, à cette époque, maint souci, maint déplaisir, me semblaient assombrir nos jours, et le Grand Forestier surtout nous maintenait sur le qui-vive. C'est pourquoi nous vivions avec une certaine sévérité, et vêtus très austèrement, bien qu'aucun vœu ne nous liât. Deux fois par an cependant la pourpre en nous se trahissait, au printemps, puis à l'automne.

À l'automne, nous buvions comme font les sages et rendions hommage aux vins précieux qui prospèrent sur les pentes méridionales de la vaste Marina.

Quand, dans les jardins, nous entendions monter entre les feuillages empourprés et les sombres grappes les appels rieurs des vendangeurs, quand, dans les bourgades et les villages, les pressoirs commençaient à geindre, et que la fermentation des marcs nouveaux tissait autour des domaines ses voiles d'odeurs, nous descendions chez les aubergistes, les tonneliers, les vignerons, et choquions avec eux la cruche pansue. Et nous trouvions toujours là de gais compagnons, car ce pays est riche et beau, c'est une terre d'élection pour le loisir heureux, et malice et fantaisie y sont monnaie courante.

Nous revenions ainsi durant mainte et mainte soirée nous asseoir au joyeux banquet. C'étaient les jours où, porteurs de masques, des gardiens circulent de l'aube à la nuit par les jardins, armés de crécelles et de fusils, et tiennent en échec la convoitise des oiseaux. Ils sont de retour très tard, avec des couronnes de cailles, de grives tachetées et de becfigues, et bientôt leur butin apparaît sur la table, en des plats garnis de pampres. Nous aimions aussi manger les marrons grillés et les noix fraîchement cueillies, que le vin nouveau accompagne, et surtout les champignons superbes que les gens du pays cherchent dans les bois avec des chiens, la truffe blanche, le cèpe délicat et la rouge oronge.

Tant que le vin était encore doux et couleur de miel, l'entente régnait autour de la table où nos propos paisibles s'échangeaient, et souvent le bras s'appuyait sur l'épaule du voisin. Mais dès qu'il commençait à travailler et à rejeter ses éléments terrestres, les esprits vitaux s'éveillaient en nous fougueusement. C'étaient alors de brillants duels où décidait l'arme du rire, et dans lesquels s'affrontaient des jouteurs qui maniaient la pensée avec cette insigne légèreté, cette liberté que seule peut donner une longue existence de loisirs.

Mais plus encore que ces heures qui s'enfuyaient étincelantes de fantaisie, nous chérissions le silencieux retour à travers champs et jardins dans la profondeur de l'ivresse, tandis que déjà la rosée du matin tombait sur les feuillages fauves. Quand, sortant de la petite ville, nous avions passé la porte du Coq, nous voyions sur notre droite la rive du lac baignée de lueurs, et sur notre gauche s'élevaient dans la clarté de la lune les falaises de marbre aux parois brillantes. Entre rive et falaises s'étendaient les coteaux à vignobles et le sentier le long de leurs pentes allait se perdant. À ces chemins se lie le souvenir d'un éveil rayonnant, fait d'étonnement, et qui tout à la fois nous emplit de crainte et nous ravit. Ce fut comme si, des profondeurs de la vie, nous étions remontés à sa surface. Pareille au coup frappé au carreau qui nous tire du sommeil, une image était tombée dans la nuit de notre ivresse, peut-être la corne de bouc qu'en ces contrées le paysan plante au bout d'une longue rame dans le sol de son jardin, peut-être le grand-duc aux yeux jaunes perché sur le faîte d'une grange, ou quelque météore filant dans un crépitement à la voûte du ciel. Toujours est-il que nous demeurâmes comme pétrifiés, et un brusque frisson nous pénétra jusqu'aux moelles. Il nous sembla alors que pour contempler les paysages un nouveau sens nous était donné. Nous regardions comme avec des yeux auxquels il est accordé de voir l'or et les cristaux qui courent en veines brillantes dans la profondeur des terres vitreuses. Et, pâles, semblables à des ombres, voici que s'approchèrent de nous les antiques génies de la contrée, dont ce fut ici la patrie bien avant que sonnent les cloches aux églises des couvents, bien avant qu'une charrue ait entamé la glèbe. Ils s'approchaient de nous, hésitants, avec de frustes visages aux dures lignes, dont l'expression mêlait dans un insondable accord la terreur avec la joie ; et nous les regardions, d'un cœur tout ensemble effrayé et profondément ému. Il nous sembla par instants qu'ils voulaient parler, mais bientôt ils s'évanouirent telle une fumée.

Alors, en silence, nous reprîmes le chemin de notre proche Ermitage. Quand la lampe fut allumée dans la bibliothèque nous nous regardâmes, et je vis tout ce qui rayonnait de sublime dans les yeux de frère Othon. Je connus dans ce miroir que la rencontre n'avait point été illusion. Sans échanger un mot, nous nous serrâmes la main et je montai à l'herbier. Et par la suite, il ne fut jamais question entre nous de ces choses.

Là-haut, je restai longtemps encore assis à la fenêtre ouverte, plein d'une immense allégresse, et mon cœur sentait l'existence entière dérouler du fuseau ses fils d'or. Puis le soleil monta sur Alta-Plana, et les terres semées de rayons s'éclairèrent jusqu'aux frontières de Burgondie. Les escarpements perdus, les glaciers, étincelaient blancs et roses, et les hautes rives formaient leur image tremblante dans le glauque miroir de la Marina.

Sur le pignon aigu, nos familiers les rouges-queues commencèrent alors leur journée, nourrissant la seconde couvée, dont le pépiement affamé faisait songer à de fins couteaux qu'on aiguise. Dans les ceintures de roseaux qui s'étendent autour du lac, des files de canards prenaient leur vol, et pinsons, chardonnerets, picoraient par les jardins les derniers grains de raisin. Puis j'entendis s'ouvrir la porte de la bibliothèque, et frère Othon descendit dans le jardin pour examiner les lis.

II

Mais, le printemps venu, nous prenions notre part des beuveries étranges qui sont d'usage en ces campagnes. Nous nous enveloppions dans des manteaux de fous bariolés, faits de lambeaux et chatoyant ainsi qu'un plumage, et posions sur notre visage les rigides masques en forme de bec. Puis, bondissant comme en une danse bouffonne, les bras battant comme des ailes, nous descendions dans les bourgs, où sur les vieux marchés le grand arbre des Fous était dressé. Là se déroulait à la lueur des torches la procession des masques ; les hommes y étaient costumés en oiseaux, et les femmes se déguisaient dans les costumes de fête des temps anciens. Elles nous criaient des railleries sur une note élevée, leur voix mimant la musique des horloges, et nous leur répondions en poussant le cri aigu des oiseaux.

Déjà, dans les cabarets, dans les caves des tonneliers, nous parvenaient comme des appels les marches des corps de métier sous le signe de l'oiseau, minces flûtes à la voix perçante, et c'étaient les chardonnerets, vibrantes guitares, c'étaient les chats-huants, ronflantes contrebasses des coqs de bruyère, et ces orgues de barbarie criards dont la corporation de la huppe accompagne ses couplets infâmes. Frère Othon et moi, nous allions rejoindre les Pics noirs, où l'on rythme la marche sur des cuveaux avec des cuillers à pot, et nous tenions conseil en un tribunal bouffon. Pour boire, il fallait être habile, car on aspirait le vin avec une paille passée par les trous de nos becs. Quand des vapeurs menaçaient notre cerveau, quelque course dans les jardins et les fossés de l'enceinte nous rendait la fraîcheur ; nous allions aussi nous mêler aux danses, ou bien, sous la tonnelle d'une auberge, nous ôtions le masque et mangions, en compagnie de quelque amour d'une heure, les escargots à la mode burgonde préparés dans les creux nombreux de l'immense poêle.

Partout et jusqu'au point du jour, retentissait durant ces nuits l'appel aigu, le cri d'oiseau, dans les sombres ruelles et sur le bord de la vaste Marina, dans les bosquets de châtaigniers, dans les vergers, dans les gondoles parées de lampions qui circulaient sur les sombres eaux du lac, et même entre les grands cyprès des cimetières. Et toujours, pareil à son écho, l'on entendait le cri effarouché qui, fugitif, lui répondait. Les femmes de ce pays sont belles, et débordantes de cette force généreuse que le vieux Boutefeu appelle la vertu donatrice.

Voyez-vous, ce ne sont point les souffrances de cette existence, mais ses emportements et sa libre plénitude, dont le souvenir ferait monter les larmes à nos yeux. Mon oreille a gardé fidèle mémoire de ces voix joueuses, et surtout de ce cri vite réprimé dont Lauretta m'accueillit près du rempart.

Bien qu'une robe à paniers blanche et bordée d'or dissimulât ses membres et le masque nacré son visage, je l'avais aussitôt reconnue dans l'obscurité de l'allée, à la manière dont à chaque pas elle balançait sa hanche, et je m'étais caché malignement derrière un arbre. Puis, poussant l'éclat de rire du Pic, je lui fis peur, et je la poursuivis, battant l'air de mes larges manches noires. Sur la hauteur, où la pierre des Romains se dresse parmi les vignobles, je la saisis tout épuisée et la pressai tremblante entre mes bras, inclinant sur son visage le masque couleur de feu. Elle était là, qui reposait dans mon étreinte, rêveuse, et la proie d'une puissance magique. Saisi de pitié, j'ôtai de mon front dans un sourire le masque à tête d'oiseau.

Alors elle aussi se mit à sourire et posa doucement la main sur ma bouche, si doucement que pour moi le monde disparut, et que je n'entendis plus dans le silence que le souffle à travers ses doigts.

III

Mais d'ordinaire, en notre Ermitage, aux buissons blancs, les journées s'écoulaient dans une profonde retraite. L'ermitage se dressait sur le bord des falaises de marbre, au sommet d'un de ces îlots rocheux qu'on voit çà et là trouant le pays des vignes. Son jardin était aménagé en étroites banquettes prises sur la roche, et le long des bordures de simples pierres qui leur servaient de murs, les plantes sauvages s'étaient fixées, qui prospèrent dans les grasses terres à vignobles. C'est ainsi qu'y fleurissaient au début de l'année les jacinthes aux grappes de perles bleues, et qu'en automne l'arbre de Judée nous réjouissait de ses fruits éclatants, pareils à de rouges lampions. Mais en toute saison, la verdure argentée des buissons de ces plantes qu'on nomme rues cernait la maison et le jardin, d'où le soleil à son zénith faisait monter un parfum confus et tournoyant.

À midi, quand la grande chaleur cuisait les grappes, l'Ermitage s'emplissait d'une fraîcheur reposante, car non seulement le sol y était couvert d'un carrelage, à la manière méridionale, mais mainte chambre s'étendait jusqu'à l'intérieur du roc. Pourtant, à ce moment du jour, j'aimais aussi m'étendre sur la terrasse, écoutant dans mon demi-sommeil la sèche musique des cigales. De vastes papillons entraient dans le jardin, assaillant les fleurs ouvertes, et sur les falaises les lézards gris de perle cherchaient la pierre ensoleillée. Enfin, quand flamboyait dans la fournaise le gravier blanc du sentier aux serpents, lentement les vipères fer de lance s'y glissaient et le couvraient bientôt comme une bandelette se couvre d'hiéroglyphes. Ces bêtes qui vivaient nombreuses dans les crevasses et les fissures de l'Ermitage, ne nous inspiraient point de crainte ; nous y prenions bien plutôt plaisir, durant le jour, à voir briller leurs couleurs éclatantes, et la nuit, à entendre le léger sifflement subtil et sonore dont elles accompagnaient leurs ébats amoureux. Souvent, notre manteau légèrement relevé, nous les enjambions, et lorsque nous recevions un hôte qu'elles effrayaient, nous les repoussions du pied hors du chemin. Mais jamais, sur le sentier aux serpents, nous ne lâchions la main de nos hôtes ; et souvent j'ai remarqué que la liberté, la bondissante sécurité qui nous saisissait sur ce chemin, nos hôtes également semblaient l'éprouver. Bien des choses contribuaient à rendre ces bêtes si peu farouches, mais leurs manières d'être nous fussent demeurées bien ignorées, sans Lampusa, notre vieille cuisinière. Tant que durait l'été, Lampusa plaçait chaque soir devant l'entrée de sa cuisine creusée dans le rocher, un petit bassin d'argent plein de lait, puis pour attirer les bêtes elle lançait un appel rauque. Alors, aux derniers rayons du couchant, on voyait luire partout dans le jardin un mouvement sinueux et doré, sur la terre toute noire des parterres de lis, sur la verdure argentée des gros buissons, et plus haut, dans le taillis des coudriers et des sureaux. Puis les bêtes se rassemblaient autour du bassin, formant ensemble le signe enflammé de la roue solaire, et prenaient l'offrande qu'on leur apportait. Lampusa avait l'habitude, pour offrir ce don, de prendre sur son bras le petit Erion, qui accompagnait son appel de sa voix frêle. Quelle ne fut pas ma stupeur, lorsqu'un soir, alors qu'il marchait à peine, je vis l'enfant traîner hors du seuil le petit bassin. Il en frappa le bord avec une cuiller de bois, et les serpents rouges brillèrent, glissant hors des crevasses du marbre. Et comme si je rêvais tout éveillé, j'entendis rire le petit Erion, debout au milieu d'eux sur l'argile battue du seuil de la cuisine. Les bêtes l'entouraient de leurs jeux, se soulevant à demi, et balançant par-dessus sa tête en un rapide mouvement de pendule leurs lourdes têtes triangulaires. J'étais debout sur la terrasse, et n'osais appeler mon petit Erion, pareil à l'homme qu'on voit marcher dans son sommeil sur l'escarpement des toits. C'est alors que j'aperçus la vieille, devant sa cuisine dans les roches, Lampusa qui souriait, les bras croisés, et le sentiment triomphal de la sécurité au foyer même des périls se leva rayonnant dans mon cœur.

À dater de ce jour, ce fut Erion qui nous appela ainsi à la collation du soir. Lorsque nous entendions tinter le bassin d'argent, nous laissions là notre travail pour nous réjouir au spectacle de l'enfant dans son offrande. Frère Othon quittait bien vite sa bibliothèque, moi l'herbier dans la galerie intérieure, et Lampusa se levait aussi de son foyer pour admirer l'enfant, le regard plein de tendresse et de fierté. Et nous nous amusions des efforts de l'enfant pour maintenir l'ordre parmi les bêtes. Bientôt Erion put les appeler chacune par son nom, et il trottinait dans leur cercle, traînant sa petite robe de velours bleu ourlée d'or. Il était aussi fort attentif à ce que chacune eût sa part, et faisait place aux traînardes autour du bassin. Puis, de sa cuiller en bois de poirier, il frappait la tête de l'une ou l'autre des buveuses, ou bien, quand elles tardaient à céder la place, il les saisissait à la nuque et de toutes ses forces les tirait de côté. Si rudement qu'il pût les saisir, les bêtes étaient toujours douces et dociles envers lui, même à l'époque de la mue, où elles deviennent si sensibles ; c'est un temps où les bergers ne laissent point leurs troupeaux pâturer aux abords des falaises de marbre, car une morsure au bon endroit tue le taureau le plus fort avec la promptitude de l'éclair.

Erion aimait par-dessus tout la plus grande et la plus belle de ces bêtes, que frère Othon et moi nommions la Griffonne, et dont les récits des paysans et des vignerons nous laissaient à penser qu'elle vivait dans les crevasses depuis des temps reculés. Le corps des vipères fer de lance est d'un rouge métallique, et souvent des écailles d'un éclat cuivré parsèment sa bigarrure. Mais cette Griffonne était tout empreinte d'un pur éclat doré, sans une tache, et qui près de la tête tournait aussi au vert, à la façon des joyaux, et jetait une lueur accrue. Elle pouvait, quand elle était courroucée, gonfler son cou tel un bouclier, tel un miroir d'or qui resplendissait dans l'attaque. Elle semblait inspirer aux autres du respect, car aucune d'elles ne touchait au bassin tant que la vipère dorée n'avait point satisfait sa soif. Nous regardions alors Erion jouer avec elle, tandis qu'à la manière des chats elle frottait sa tête aiguë contre sa petite robe. Puis Lampusa nous apportait la collation du soir, deux coupes de vin médiocre, et deux tranches d'un pain sombre et salé.

IV

On passait par une porte vitrée de la terrasse à la bibliothèque. Aux belles heures de la matinée, cette porte demeurait grande ouverte, en sorte que frère Othon, assis à sa vaste table, était comme en un coin du jardin. J'entrais toujours avec plaisir dans cette pièce au plafond de laquelle jouaient les ombres vertes des feuillages et dont le silence accueillait les gazouillis des jeunes oiseaux et le proche bourdonnement des abeilles.

Devant la fenêtre, un chevalet supportait la grande planche à dessiner, et le long des murs les rangées de livres s'étageaient jusqu'au plafond. La rangée inférieure était prise dans un haut casier aménagé pour les in-folio, le grand *Hortus Plantarum mundi*, et ces livres enluminés dont l'art est aujourd'hui perdu. Au-dessus courait un rebord que des panneaux à glissière permettaient d'élargir encore, et que des feuillets épars recouvraient, parmi des planches d'herbes jaunies. Ses tables de bois noir portaient aussi une collection de plantes fossiles, que notre ciseau avait détachées dans les carrières à chaux et dans les mines, et parmi elles aussi divers cristaux, ceux dont on expose la beauté, de ceux aussi que les causeurs pensifs aiment soupeser en leurs mains. Au-dessus, s'étageaient les petits volumes, collection d'ouvrages botaniques qui n'était pas des plus étendues, mais sans lacune en tout ce qui concernait les lis. Et cette partie de la bibliothèque se divisait encore en trois branches générales, l'une contenant les œuvres qui s'occupaient de la forme, l'autre, de la couleur, la troisième, du parfum. Les rangées de livres se continuaient dans la petite galerie, et le long de l'escalier qui conduisait en haut, jusqu'à l'herbier. Là se trouvaient les Pères de l'Église, les penseurs, les auteurs classiques anciens et modernes, et surtout une collection de dictionnaires et d'encyclopédies de toute espèce. Le soir, je retrouvais frère Othon dans la petite galerie, où brûlait dans la cheminée un feu de sarments secs. Quand le travail de la journée avait été bon, nous aimions nous détendre alors en ces conversations plus nonchalantes où l'on chemine sur des chemins battus, saluant au passage les dates et les autorités. Nous nous amusions aux bizarreries du savoir, à la citation rare, à celle qui frise l'absurde. Et dans ces jeux, la légion des esclaves muets, garrottés de cuir ou de parchemin, nous servait toujours à propos.

Le plus souvent, je ne tardais pas à monter à l'herbier, où je poursuivais mon travail au-delà de minuit. Lors de notre emménagement, nous avions fait couvrir le sol d'un bon plancher, puis établir de longues rangées de casiers. Dans leurs compartiments, s'entassaient par milliers les bottes des plantes de l'herbier. Une part infime seulement en avait été récoltée par nous, elles venaient pour la plupart de mains depuis longtemps desséchées elles aussi. Parfois même, alors que je cherchais quelque plante, je rencontrais des feuillets jaunis par le temps, dont la signature pâlie avait été tracée par le maître

Linné lui-même. En ces heures de la nuit et du matin, j'établissais de nombreuses fiches et augmentais la grande nomenclature de la collection, puis celle de la petite flore aussi, où nous relevions soigneusement toutes les trouvailles faites dans le domaine de la Marina. Le jour suivant, frère Othon, s'aidant de tous les livres, examinait les fiches, dont il complétait encore et coloriait un grand nombre. Ainsi grandissait un ouvrage, dont la seule élaboration déjà nous procurait mainte joie.

Lorsque nous sommes satisfaits, les présents de la vie les plus frugaux comblent nos sens. Dès l'enfance, le monde végétal avait été l'objet de mon respect, et durant maintes années de voyage, j'avais épié ses merveilles. Et j'étais familier de cet instant où le cœur cesse de battre, où nous pressentons, dans la fleur qui s'ouvre, les mystères qu'enferme en elle toute semence. Jamais cependant la splendeur des croissances ne m'avait été aussi sensible que sur ce plancher couvert d'un arôme de verdure depuis longtemps fanée.

Avant de prendre mon repos, je me promenais un instant encore de long en large dans l'étroite allée médiane. Il me semblait souvent, durant ces heures de minuit, n'avoir jamais vu les plantes plus éclatantes et plus magnifiques. Et je goûtais aussi de bien loin le parfum de ces vallées tout étoilées de blancheurs, autrefois bu dans le printemps épineux du Hedjaz, et le souffle vanillé qui délasse le voyageur dans la fournaise sans ombre des forêts d'arbres candélabres. Puis se rouvraient comme les pages d'un livre ancien les souvenirs des heures de farouche plénitude — souvenirs des marais étouffants où fleurissait la victoria regia, et des végétations littorales, qu'on aperçoit à midi dévorées de lumière en haut de leurs pâles échasses, loin des côtes. Mais je n'éprouvais plus cette frayeur qui nous saisit là où nous nous heurtons toujours à la démesure des poussées végétales, semblables à quelque dieu dont les mille bras nous attirent. Je sentais croître en même temps que notre science les forces qui permettent d'affronter les puissances de la vie et de les dominer comme on conduit les chevaux par la bride.

Bien souvent le jour pointait avant que j'eusse gagné l'étroit lit de camp qui se trouvait dressé dans l'herbier.

V

La cuisine de Lampusa s'ouvrait dans le rocher de marbre. De telles cavernes, dans les temps anciens, offrirent aux bergers un abri et une sauvegarde et plus tard furent comprises dans l'enceinte des fermes, telles des chambres cyclopéennes. Dès l'aube, quand elle apprêtait la bouillie matinale pour Erion, on voyait la vieille auprès de son feu. Le foyer lui-même donnait sur des cavités plus profondes encore où flottait une odeur de laitage, de fruits et de vins évaporés. Je ne pénétrais que rarement dans cette partie de l'Ermitage, le voisinage de Lampusa m'emplissant d'un certain malaise que je préférais éviter. Erion en revanche était familier de ses moindres recoins. Souvent aussi je voyais frère Othon avec la vieille auprès du foyer. C'est à lui que je devais le bonheur qui m'était échu avec Erion, l'enfant né de mon amour pour Sylvia, la fille de Lampusa.

Nous servions alors parmi les cavaliers pourpres, menant contre les libres peuples d'Alta-Plana une campagne qui alors échoua. Souvent, quand nous chevauchions vers les cols, nous apercevions Lampusa à la porte de sa cabane, et près d'elle la svelte Sylvia, en robe rouge, un foulard rouge sur la tête. Frère Othon était auprès de moi, lorsque je ramassai dans la poussière l'œillet que Sylvia avait pris à sa chevelure et jeté sur le chemin, et chemin faisant, il me mit en garde contre la vieille et contre la jeune sorcière, d'un ton badin, mais où perçait de l'inquiétude. Mais m'avait irrité davantage encore le rire de Lampusa posant sur moi un regard où j'avais senti l'impudence de l'entremetteur. Et cependant je ne tardai guère à passer le seuil de sa cabane.

Lorsque à la fin de la campagne nous revînmes à la Marina et nous retirâmes dans l'Ermitage aux buissons blancs, nous apprîmes la naissance de l'enfant, et que Sylvia l'avait abandonné pour s'en aller avec des étrangers. Ces nouvelles m'importunèrent, me touchant au début d'une période de ma vie qu'après les souffrances endurées en campagne je voulais consacrer aux silencieuses études.

C'est pourquoi je chargeai frère Othon de se rendre chez Lampusa pour causer avec elle et la laisser faire ce qu'il jugerait bon qu'elle fît. Quel ne fut pas cependant mon étonnement quand j'appris qu'il les avait aussitôt pris avec nous dans notre demeure, elle et l'enfant ; et pourtant ce pas qu'il avait fait se révéla bientôt pour nous tous une source de bonheur. Et comme l'acte authentique se reconnaît tout spécialement à ce qu'en lui le passé même trouve son accomplissement, l'amour de Sylvia aussi m'apparut sous une nouvelle lumière. Je reconnus qu'elle et sa mère, je les avais considérées d'un esprit plein de préjugés, et que, les ayant trouvées sans importance, je les avais par trop traitées comme telles, de même qu'on prend pour verre la pierre précieuse brillant à tous les yeux dans le chemin. Et cependant toute chose exquise est un présent du hasard, le meilleur en la vie est gratuit.

À vrai dire, pour créer un tel équilibre, il fallait un esprit aussi libre que l'était frère Othon. Il avait pour principe de traiter les hommes qui nous approchaient comme autant de rares trouvailles découvertes au fil d'un long voyage. Il aimait aussi nommer les hommes les optimates, signifiant par là que tous autant qu'ils sont, ils forment l'aristocratie naturelle de ce monde et que chacun d'eux peut nous apporter l'excellent. Il les concevait comme des réceptacles du merveilleux, et, créatures suprêmes, il leur accordait des droits princiers. Et réellement, je voyais tous ceux qui l'approchaient s'épanouir comme des plantes qui s'éveillent du sommeil hivernal, non point qu'ils devinssent meilleurs, mais parce qu'ils devenaient davantage eux-mêmes.

Lampusa, dès son arrivée, s'occupa des soins domestiques. Elle était prompte à l'ouvrage, et dans le jardin non plus sa main ne chômait pas. Tandis que frère Othon et moi nous plantions suivant les règles, elle enfouissait les semences à la hâte et laissait toute mauvaise herbe foisonner librement. Et cependant, avec si peu de peine, elle obtenait le triple de nos grains et de nos fruits. Je la voyais souvent considérer sur nos plates-bandes, avec un sourire moqueur, les petits tableaux de porcelaine ovales, où l'on pouvait lire le genre et l'espèce peints en belles lettres majuscules par frère Othon. Elle montrait ce faisant, pareille à un croc, l'unique grande incisive qui lui restât.

Bien qu'à la manière d'Erion je l'appelasse grand'mère, elle ne me parlait guère que des choses domestiques et souvent avec cette gravité bouffonne que prennent les ménagères. Sylvia n'était jamais nommée entre nous. Cependant il me déplut que, le soir qui suivit cette nuit sous le rempart, Lauretta vînt pour me chercher. Mais la vieille se montra particulièrement enjouée, et s'empressa d'apporter pour la visiteuse le vin et les gâteaux sucrés.

Erion me donnait tous les plaisirs naturels de la paternité, joints à ceux, plus spirituels, de l'adoption. Nous aimions son caractère silencieux et appliqué. Enclin comme tous les enfants à imiter les travaux qu'il voyait faire en son petit univers, il se tourna de bonne heure vers les plantes, souvent nous le vîmes demeurer longtemps sur les terrasses, observant un lis sur le point de s'épanouir, et quand la fleur était ouverte, il se précipitait dans la bibliothèque pour apporter à frère Othon la joie de cette nouvelle. Il aimait également s'approcher de grand matin de la vasque de marbre où nous élevions des roses d'eau de Cipango, dont le premier rayon de soleil ouvre l'enveloppe florale avec un faible bruit. Et dans l'herbier aussi j'avais un tabouret pour lui ; souvent il s'y asseyait, et me regardait travailler. Lorsque je le sentais ainsi tranquille à mon côté, une vigueur nouvelle me venait, comme si la claire et profonde flamme de vie qui brûlait dans le petit corps eût répandu sur les choses un jour neuf. Et les bêtes me semblaient aussi chercher son approche ; c'est ainsi que je voyais toujours, lorsque je le rencontrais dans le jardin, les rouges coccinelles voler autour de lui ; elles couraient sur ses mains et jouaient autour de ses cheveux. Et, chose très étrange aussi, les vipères fer de lance, appelées par Lampusa, environnaient l'aiguière en un lacis flamboyant, tandis qu'avec Erion elles formaient la figure du disque entouré de rayons.

Il était donc dit que notre vie serait différente des plans que nous avions tracés. Mais nous remarquions que cette différence était favorable au travail.

VI

Nous étions venus avec le projet de nous occuper des plantes de manière approfondie, et c'est pourquoi, suivant en cela l'ordre éprouvé qu'exige l'esprit, nous avions commencé par la respiration et par la nutrition. Comme toutes choses sur cette terre, les plantes aussi veulent nous parler, mais il faut un esprit lucide pour comprendre leur parole. Dans leur germination, leur floraison et leur déclin peut bien se cacher l'illusion dont nul être créé ne s'échappe, mais l'esprit sait pressentir aussi ce que l'écrin des apparences enferme d'éternel. Cet art d'aiguiser ainsi son regard, frère Othon l'appelait « étancher le temps », mais il pensait qu'en deçà de la mort, le temps ne se laisse point tarir.

Une fois installés, nous remarquâmes que notre thème, presque contre notre volonté, allait s'élargissant. Peut-être était-ce l'air vivifiant de l'Ermitage aux buissons blancs, qui donnait à notre pensée une direction nouvelle, de même que la flamme dans l'oxygène brûle plus haute et plus claire. Peu de semaines s'étaient écoulées que déjà il me semblait que les objets avaient changé — et je ne sentis d'abord le changement que comme une privation, dans la mesure où le langage manquait à me satisfaire. Un matin, tandis que du haut de la terrasse je parcourais des yeux la Marina, ses eaux m'apparurent plus profondes et plus lumineuses, comme si pour la première fois j'eusse posé sur elles un regard non troublé. J'eus en cet instant même le sentiment presque douloureux du mot se séparant des choses, comme se brise la corde trop tendue d'un arc. J'avais surpris un lambeau du voile d'Isis de ce monde, et le langage à partir de cet instant me fut un imparfait serviteur. Mais en même temps c'était pour moi comme un nouvel éveil. Semblable aux enfants dont les mains vont tâtonnant, quand la lumière qui naît dans leurs yeux fait retour au monde extérieur, j'allais cherchant des mots et des images où saisir ce nouvel éclat des choses dont j'étais ébloui. Jamais auparavant je ne m'étais même douté que parler pût à ce point nous tourmenter, et cependant je n'aspirais pas à retrouver une existence ingénue. Quand nous pensons nous envoler, notre bond maladroit nous est plus cher que la marche la plus sûre en un chemin tout tracé. Et j'explique ainsi la sensation de vertige qui souvent me saisissait au milieu de mon effort.

Il arrive aisément, quand nous avançons dans l'inconnu, que la juste mesure nous échappe. Aussi était-ce un grand bonheur pour moi d'avoir à mes côtés frère Othon, prudent compagnon d'aventure. Souvent, quand un mot m'avait livré sa nature, je descendais en hâte le trouver, la plume à la main, et souvent il montait vers moi dans l'herbier avec un message tout semblable. Nous aimions aussi créer des images, que nous nommions des modèles. C'étaient trois ou quatre phrases écrites sur un feuillet en un mètre bref. Il s'agissait de saisir en chacune d'elles un fragment de la mosaïque du monde, tout comme on sertit des pierres en un métal. Pour ces modèles aussi nous étions partis des plantes et nous revenions sans cesse à elles. C'est ainsi que nous décrivions les choses et leurs métamorphoses, du grain de sable à la falaise de marbre, et de la fugace seconde à la vaste année. Le soir venu, nous réunissions ces feuillets, et quand nous les avions lus, nous les brûlions dans la cheminée.

Nous sentîmes bientôt quelle clarté nous apportait la vie, et qu'une sécurité nouvelle nous emplissait. La parole est à la fois reine et magicienne. Nous partions du haut exemple de Linné qui s'avança dans le chaos du règne animal et végétal armé du sceptre du langage. Et, plus merveilleuses que tous les empires que le glaive a conquis, c'est sur les prairies en fleurs et les légions sans nom des insectes que s'étend son pouvoir.

Ainsi nous entraînait à notre tour le pressentiment qu'il est un ordre agissant parmi les éléments. Tant il est vrai que l'homme sent aussi le besoin d'imiter la création avec son faible esprit, tout comme l'oiseau sent le besoin de construire le nid. Et ce qui nous récompensait de nos peines au centuple, c'était la claire conscience que mesure et loi ont à jamais leur séjour dans le hasard et les désordres de cette terre. Cependant que nous nous élevons, nous nous rapprochons du mystère que la poussière nous dérobe. Ainsi se résorbe, à chaque pas que nous faisons sur la montagne, le dessin confus des horizons, et lorsque nous sommes parvenus assez haut, nous ne sommes plus environnés, en quelque lieu que nous soyons, que par un pur anneau qui nous fiance à l'éternité.

Sans doute en restions-nous ce faisant au travail de l'apprenti, au rudiment de toute science. Et cependant nous sentions s'accroître en nous l'allégresse, comme en ceux dont l'effort a dépassé le niveau du vulgaire. Les terres environnant la Marina perdaient de leur splendeur éblouissante et pourtant nous apparaissaient plus lumineuses, en une netteté géométrique. Les jours, comme enserrés entre de hautes digues, passaient plus rapides et plus forts. Parfois, quand soufflait le vent d'ouest, nous pensions savourer déjà de la joie toute pure.

Mais avant tout nous échappions un peu à cette frayeur qui nous oppresse, et semblable au brouillard montant des marécages, trouble l'esprit. Ainsi s'explique que nous n'abandonnâmes pas le travail, quand le grand Forestier fit sentir sa puissance sur nos terres, et quand l'épouvante s'y répandit.

VII

Le grand Forestier nous était depuis longtemps connu comme vieux seigneur de la Maurétanie. Nous l'avions souvent vu dans les réunions et passé mainte nuit avec lui à boire et à jouer. Il comptait au nombre des figures qui chez les Maurétaniens sont à la fois considérées comme de grands seigneurs et marquées d'un léger ridicule ; tel on accueille dans son régiment un colonel de cavalerie de la territoriale arrivant parfois de ses domaines. Son image s'imprimait dans la mémoire, déjà son habit vert brodé de feuilles d'ilex d'or attirait sur lui les regards.

Ses richesses passaient pour énormes, et dans les fêtes qu'il donnait à sa maison de la ville, la prodigalité régnait. On y mangeait et buvait ferme, à l'ancienne mode, et la surface de chêne de la grande table à jouer ployait sous l'amas de l'or. Et les soupers asiatiques qu'il donnait aux adeptes dans ses petites villas étaient célèbres. J'avais eu de la sorte mainte occasion de le voir de près et j'avais senti comme un souffle d'ancienne puissance, souvenir de ses forêts, flotter autour de lui. À cette époque, ce que tout son être avait de rigide m'avait à peine semblé inquiétant, car tous les Maurétaniens prennent avec le temps ce caractère automatique. C'est surtout dans le regard que ce trait se montre. Dans les yeux du grand Forestier apparaissait aussi, surtout lorsqu'il riait, la lueur d'une effrayante jovialité. Ses yeux, comme chez les vieux buveurs, étaient voilés d'une flamme rouge, mais ils exprimaient en même temps de la ruse, une force inébranlable, et parfois même une souveraine puissance. Nous aimions alors sa société, nous vivions dans l'insolence de notre force et fréquentions la table des puissants de ce monde. J'entendis plus tard frère Othon dire de nos jours passés chez les Maurétaniens, qu'une erreur ne devient une faute que si l'on persiste en elle. Ce propos me semblait encore plus vrai, quand je songeais à la situation où nous nous trouvions alors, à l'époque où cet ordre nous attirait. Il est des temps de décadence, où s'efface la forme en laquelle notre vie profonde doit s'accomplir. Arrivés dans de telles époques, nous vacillons et trébuchons comme des êtres à qui manque l'équilibre. Nous tombons de la joie obscure à la douleur obscure, le sentiment d'un manque infini nous fait voir pleins d'attraits l'avenir et le passé. Nous vivons ainsi dans des temps écoulés ou dans des utopies lointaines, cependant que l'instant s'enfuit. Sitôt que nous eûmes conscience de ce manque, nous fîmes effort pour y parer. Nous languissions après la présence, après la réalité, et nous serions précipités dans la glace, le feu ou l'éther pour nous dérober à l'ennui. Comme toujours là où le doute s'accompagne de plénitude, nous fîmes confiance à la force, et n'est-elle pas l'éternel balancier qui pousse en avant les aiguilles, indifférente au jour et à la nuit ? Nous nous mîmes donc à rêver de force et de puissance, et des formes qui, s'ordonnant intrépidement, marchent l'une sur l'autre dans le combat de la vie, prêtes au désastre comme au triomphe. Et nous les étudiions avec joie, comme on observe les corrosions qu'un acide dépose sur les sombres miroirs des métaux polis. Un tel penchant devait inévitablement rapprocher de nous des Maurétaniens. Nous fûmes présentés par le capitan, qui avait mis fin au grand soulèvement dans les provinces ibériques.

Qui connaît l'histoire des Ordres secrets, sait que leur étendue se laisse difficilement apprécier. La facilité avec laquelle ils forment des rameaux et des colonies est également connue, qui fait que dès qu'on suit leurs traces on se perd bientôt dans un labyrinthe. Tout cela était vrai pour les Maurétaniens aussi. Le monde s'étonnait surtout de voir dans leurs lieux de réunion les tenants de groupes qui se haïssaient à mort engagés dans de paisibles conversations. Entre autres buts, les Maurétaniens voulaient traiter les affaires de ce monde de façon artistique. Ils exigeaient qu'on se servît du pouvoir comme des dieux, leurs écoles en effet envoyaient dans la vie une race d'esprits clairs, libres et constamment redoutables. Peu importait que leur activité s'exerçât dans la rébellion ou pour l'ordre, leur victoire était la victoire maurétanienne, et le fier *Semper victrix* de cette société ne s'appliquait pas à ses membres, mais bien à son chef, la doctrine. Au milieu du temps et de ses courants fougueux elle s'érigeait inébranlable, et dans ses résidences, dans ses palais, le pied foulait la terre ferme.

Mais ce n'était point l'amour du repos, qui nous rendait leur séjour si agréable. Quand l'homme n'a plus rien qui le soutienne, la peur s'empare de lui, il roule en aveugle dans ses tourbillons. Chez les Maurétaniens au contraire régnait un calme absolu comme au centre du cyclone. Qui se précipite dans l'abîme voit sans doute toute chose avec une suprême netteté, comme à travers le cristal le plus pur. C'est cette même vision, mais sans aucune crainte, que l'on obtenait dans l'air de la Maurétanie, si foncièrement méchant. Quand la terreur régnait, c'est alors que le calme des pensées et le détachement spirituel augmentaient. La bonne humeur régnait lors des catastrophes, et l'on aimait plaisanter à leur propos comme les tenanciers d'une table de jeu plaisantent sur les pertes de leur clientèle.

Je compris clairement à cette époque que la panique, dont l'ombre s'étend toujours sur nos grandes villes, a sa contrepartie dans l'audacieux orgueil des quelques hommes qui survolent pareils à des aigles le domaine des souffrances aveugles. Un jour, comme nous buvions avec le capitan, il se pencha sur sa coupe comme sur un verre où les temps anciens lui seraient apparus, et dit rêveusement : aucun vin des îles ne saurait avoir le prix de celui qu'on nous apporta dans nos machines, durant la nuit où nous mîmes Sagonte en flammes. Et nous pensâmes : Plutôt encore choir à l'abîme avec celui-ci, que vivre avec ceux-là que la peur force à ramper dans la poussière.

Mais je m'égare. On pouvait apprendre chez les Maurétaniens les jeux qui réjouissent encore l'esprit échappé à tous les liens et las de l'ironie même. Le monde chez eux devenait une carte comme on en grave pour les amateurs, à l'aide de petits cercles et d'instruments polis, dont le contact est un plaisir. C'est pourquoi il pouvait sembler singulier de rencontrer dans ces domaines de clarté, étrangers à toute ombre et parfaitement abstraits, des figures comme le grand Forestier. Et cependant dès que l'esprit établit les séjours de sa puissance, les autochtones viennent à lui comme le serpent rampe vers le feu qui brûle en plein air. Ils sont les vieux connaisseurs du pouvoir et voient poindre à nouveau l'heure de relever la tyrannie, qui vit dès les origines dans leur cœur. Ainsi se forment dans les grands ordres les galeries secrètes, les caveaux où nul historien ne saurait nous guider. Ainsi naissent également les conflits les plus subtils, ceux qui s'élèvent à l'intérieur même des pouvoirs. Luttes entre les ouvrages et les pensées, luttes entre les idoles et l'esprit.

En de telles dissensions, plus d'un homme a déjà pu voir où la ruse de la terre prend son origine. J'en avais fait moi aussi l'expérience lorsque, pour rechercher Fortunio disparu, j'avais pénétré sur les territoires de chasse du grand Forestier. Je connaissais depuis ce jour les frontières imposées à l'esprit de témérité et j'évitais de fouler la sombre lisière des grands bois que le vieux aimait à nommer sa forêt de Teutoburg, en maître qu'il était dans l'art de feindre une droiture pleine d'embûches.

VIII

Pour rechercher Fortunio, j'avais pénétré dans les marges septentrionales de ces forêts, tandis que notre Ermitage aux buissons blancs se trouvait proche des lisières sud, qui touchent aux terres burgondes. À notre retour, nous ne trouvâmes plus dans la Marina que l'ombre de son ordre ancien. Jusqu'à ce jour et presque depuis les temps de Charles cet ordre avait régné sans altération, car les maîtres étrangers pouvaient bien venir ou s'en aller, le peuple qui dans ces terres cultive la vigne en restait à sa coutume et sa loi. Et la richesse, l'excellence de la terre avaient tôt fait d'amener chaque régime à l'indulgence, si sévère qu'il eût été d'abord. Telle est l'influence de la beauté sur la force.

Mais la guerre qu'on menait aux frontières d'Alta-Plana, pareille à quelque lutte contre les Turcs, eut une action bien plus profonde. Elle fit ses ravages à la manière d'une gelée qui rompt la fibre au cœur des arbres et dont l'effet n'est parfois visible qu'après maintes années. La vie à la Marina suivait son cours. Elle demeurait telle qu'autrefois, et cependant ce n'était plus la même. Parfois, debout sur la terrasse et parcourant du regard la couronne des jardins en fleurs, nous percevions comme un souffle de secrète fatigue et d'anarchie. Et c'est précisément à de tels instants que la beauté de ce pays nous touchait jusqu'à la souffrance. Ainsi les couleurs de la vie, avant que le soleil nous quitte, jettent un suprême éclat.

Durant ces premiers temps, nous n'entendîmes parler du grand Forestier que très peu. Mais il était étrange de voir comme il se rapprochait à mesure que s'aggravait l'affaiblissement et s'évanouissait la réalité. Ce ne furent d'abord que des rumeurs à la manière dont habituellement s'annonce une peste qui sévit dans des ports lointains. Puis se répandirent des nouvelles qui parlaient d'attentats et de violences commis non loin de nous, enfin ces actions mêmes se produisirent ouvertement et en plein jour. De même qu'en montagne un épais brouillard annonce les tempêtes, un nuage de crainte précédait le grand Forestier. Un nuage de crainte le voilait, et je suis persuadé que c'est là qu'il fallait voir sa force, bien plus qu'en sa personne même. Il ne pouvait agir que lorsque les choses en étaient venues à vaciller d'elles-mêmes, mais une fois là, ses forêts l'aidaient à se jeter sur le pays.

Quand on gravissait les hauteurs des falaises de marbre, on pouvait contempler dans toute son étendue la contrée dont il convoitait la domination. Pour parvenir sur la crête, nous grimpions d'habitude par l'étroit escalier creusé dans le rocher près de la cuisine de Lampusa. Les marches en étaient nettoyées par la pluie, et conduisaient à une table escarpée d'où la vue s'étendait bien loin à la ronde. Nous nous attardions là durant de longues heures ensoleillées, tandis que les falaises rayonnaient de leurs riches couleurs, car là où la blancheur éblouissante du rocher miné par les eaux suintantes des flammes rouges et fauves étaient semées. Le sombre feuillage des lierres tombait également en puissants rideaux et dans les fissures humides luisaient les feuilles argentées de la Lunaria.

Dans notre escalade, nous effleurions du pied les ronces aux baies rougeâtres et nous effrayions les lézards qui prenaient la fuite dans les crêtes comme des éclairs verts. Là où se suspendait l'épais gazon tout étoilé de gentianes bleues, des failles au bord cristallin s'ouvraient dans le rocher, et des chouettes y clignotaient rêveusement. Là également nichaient les rapides faucons gris de rouille ; nous passions si près de leurs couvées, que nous distinguions les trous dans leurs petits becs, voilés d'une pellicule semblable à de la cire bleue.

L'air sur la crête était plus vivifiant qu'en bas dans le creux de la plaine où l'ardeur du jour tremblait sur les vignes. Parfois, la grande chaleur élevait un flot de vent qui s'engouffrait mélodieusement dans les crevasses comme en des tuyaux d'orgue et portait les indices des roses, des amandiers et des mélisses. De notre siège rocheux, nous apercevions à présent le toit de l'Ermitage aux buissons blancs bien au-dessous de nous. Dans le Sud, au-delà de la Marina, s'élevaient, à l'abri de leur ceinture de glaciers, les libres montagnes d'Alta-Plana. Souvent, les vapeurs qui montaient des eaux voilaient leurs cimes, puis l'air était de nouveau si clair, que nous distinguions les pins qui là-bas poussent très haut dans les éboulis. Ces jours-là, nous sentions venir le fœhn, et nous éteignions pour la nuit tous les feux dans la maison.

Notre regard se reposait souvent sur les îles de la

Marina, que nous nommions en souriant les Hespérides et dont les bords étaient assombris de cyprès. Au plus fort de l'hiver, on n'y connaît ni gelée, ni neige ; les figues et les oranges y mûrissent en plein air, les rosiers fleurissent toute l'année. À l'époque où amandiers et abricotiers sont en fleurs, le peuple de la Marina passe volontiers les eaux ; les îles sont alors sur le flot bleu comme un lit de pétales. En automne au contraire on s'embarque pour aller manger là-bas le poisson de Saint-Pierre, qui durant certaines nuits de pleine lune monte des grandes profondeurs vers la surface et remplit les filets surabondamment. Les pêcheurs ont coutume de poser en silence leurs filets, car ils pensent que le moindre mot l'effarouche, et qu'un juron gâte toute la pêche. Dans ces voyages pour manger le Saint-Pierre, la gaieté régnait toujours ; on était pourvu de pain et de vin, car le raisin ne pousse point dans ces îles. Il y manque les nuits fraîches de l'automne où la rosée se dépose sur les grappes et durant lesquelles leur feu, par un pressentiment du déclin, s'accroît d'une richesse cachée.

Il fallait contempler la Marina par de tels jours de fête, pour sentir ce que vivre signifie. Dès l'aube, toute une étendue de rumeurs montait vers nous, chaque bruit demeurait net et distinct ainsi qu'on voit les objets par le petit bout d'une lunette. Nous entendions les cloches dans les villes et les mortiers qui rendaient les honneurs dans les ports aux navires couronnés de fleurs, puis les chants des pieux cortèges qui s'en allaient vers les images miraculeuses, et la musique des flûtes par-devant une noce. Nous entendions les cris des choucas autour des girouettes, le chant des coqs, l'appel du coucou, les cornes où soufflent les chasseurs, quand ils quittent les portes de la ville pour aller après le héron. Tout cela montait pour aller vers nous en une musique si étrange, si bouffonne, qu'on eût dit le monde composé d'un facétieux bariolage, et cependant enivrant comme le vin qu'on boit de bonne heure.

Bien loin, dans la profondeur, la Marina était bordée d'une guirlande de petites villes dont les murailles avec leurs tours dataient des temps romains et que dominaient des dômes noircis par les siècles et des châteaux mérovingiens. L'intervalle était parsemé de riches villages où des vols de pigeons tournaient sur les toits, et de moulins verdis par les mousses, vers lesquels en automne on voyait se diriger les ânes chargés de sacs de blé. Puis c'étaient de nouveau des châteaux, nichés sur de hautes pointes rocheuses, et des cloîtres, sombres anneaux de murailles autour desquels dans les étangs à carpes la lumière scintillait comme sur des miroirs.

Quand du haut de notre siège élevé nous regardions les séjours que l'homme a bâtis pour y cacher sa vie, son bonheur, ses nourritures, ses religions, alors tous les siècles fondaient à nos yeux en une seule réalité.

Et les morts, comme si les tombes s'étaient ouvertes, surgissaient invisiblement. Ils nous environnent dès que notre regard se pose avec amour sur une terre à l'antique culture, et tout comme leur héritage est vivant dans la pierre et dans le sillon, leur âme très ancienne est présente sur les terres et les campagnes.

Dans notre dos, vers le nord, la Campagna était toute proche ; elle était séparée de la Marina par les falaises de marbre comme par un rempart. Au printemps, cette ceinture de prairies s'étendait comme un haut tapis de fleurs où le bétail paissait en lents troupeaux et semblait nager dans l'écume aux mille teintes. À midi, les troupeaux reposaient dans les ombres humides et fraîches des aunes et des peupliers argentés qui formaient sur la vaste étendue comme des îles de feuillage d'où montaient les fumées des feux de bergers. On voyait aussi, disséminées de loin en loin, les grandes métairies avec étable et grange et les hauts balanciers des puits qui remplissaient les abreuvoirs.

En été, l'air était là-bas étouffant et humide, et en automne, à l'époque de l'accouplement des vipères, cette contrée semblait une steppe désertique, solitaire et brûlée. Elle finissait sur l'autre bord, en un pays de marécages dont les fourrés ne montraient plus la moindre trace d'habitation. Seules des cabanes de roseaux grossiers, comme on en construit pour la chasse au canard, s'élevaient çà et là au bord des sombres eaux marécageuses, et dans les aunes étaient dissimulés des postes d'affût, pareils à des nids de corneille. Là, le grand Forestier régnait déjà, et bientôt le sol commençait à s'élever, où la haute forêt jetait ses racines. De ses lisières partaient aussi des bocages allongés, en forme de faucilles, qui s'avançaient sur les prairies et que dans le peuple on appelait les cornes.

Tel était le royaume dont le cercle s'offrait au regard autour des falaises de marbre. De leur sommet, nous voyions la vie, bien cultivée sur un sol antique et fortement nouée, s'épanouir comme la vigne et porter ses fruits. Et nous voyions aussi ses frontières : les monts, où la haute liberté, mais sans la plénitude, habitait chez les peuples barbares, et vers le septentrion les marais et les sombres profondeurs, où guette la sanglante tyrannie.

Bien souvent, debout l'un près de l'autre sur la crête, nous songions à tout ce qui doit s'accomplir, avant que le grain soit moissonné et le pain préparé, à tout ce qu'il faut aussi, sans doute, pour que l'esprit soit capable d'ouvrir sans crainte son aile en sécurité.

IX

Aux bonnes époques, on avait à peine prêté attention aux querelles qui de tout temps s'étaient déroulées dans la Campagna, ces choses étant habituelles sur toutes les terres de grands pâturages et de bergers. Chaque printemps, des rixes avaient lieu à propos de bétail non encore marqué, puis on se battait autour des points d'eau, dès que la sécheresse commençait. Et les grands taureaux, qui portaient un anneau dans les narines et donnaient des rêves d'épouvante aux femmes de la Marina, faisaient irruption dans des troupeaux étrangers, les pourchassant jusqu'aux falaises de marbre au pied desquelles blanchissaient des cornes et des carcasses.

Mais, le peuple des bergers, par-dessus tout, se montrait farouche et sauvage. Leur état se transmettait depuis les origines du père au fils, et quand ils s'asseyaient autour de leurs feux, vêtus de loques et l'arme au poing, tels que les laissait croître la nature, alors on voyait bien quel abîme les séparait du peuple qui cultive la vigne sur les coteaux. Ils vivaient comme aux jours où l'on ne connaissait ni maison, ni charrue, ni métier de tisserand, alors qu'on déployait le mobile abri des tentes selon que l'exigeaient les migrations des troupeaux. Ils étaient de ces âges aussi par le cœur, par un fruste sentiment de la justice et de l'équité, dont l'unique mesure était le talion. C'est ainsi que tout meurtre allumait un long brasier de vengeance, et il existait des querelles de clans et de familles dont nul n'aurait su dire l'origine, et qui pourtant réclamaient chaque année leur tribut de sang. Affaire de la Campagna, tel était le nom que les juristes dans la Marina donnaient à tout ce qui leur était soumis de grossier et d'absurde ; et ils ne convoquaient pas les bergers au forum, mais envoyaient des commissaires dans leurs territoires. En d'autres districts c'étaient les fermiers des magnats et des suzerains, établis dans les vastes métairies, qui rendaient la justice. En outre, il existait encore des bergers libres, possesseurs de grands biens comme les Batacks et les Belovars.

À fréquenter ce rude peuple, on apprenait aussi à discerner ce qu'il avait en lui de bon et d'unique. Avant tout venait l'esprit d'hospitalité qui veillait sur quiconque s'asseyait à leur foyer. Il pouvait se faire aussi qu'on rencontrât dans le cercle des bergers des visages de la ville, car à tous ceux qui devaient fuir la Marina, la Campagna offrait un premier refuge. On y trouvait des débiteurs menacés de prison, et des étudiants qui lors d'une beuverie avaient eu un coup trop heureux, dans la société de moines évadés, et de toute une engeance errante. Des jeunes gens aussi qui cherchaient la liberté, et des couples amoureux qui voulaient vivre à la manière des bergers, gagnaient volontiers la Campagna.

Ainsi se développait en tout temps un réseau de

secrets qui débordait sur les frontières de l'ordre établi. La proximité de la Campagna, où le droit avait de moindres assises, avait servi plus d'un homme dont la cause prenait mauvaise tournure. La plupart revenaient quand le temps et les bons amis avaient travaillé pour eux, d'autres disparaissaient dans les forêts à tout jamais. Mais après la guerre d'Alta-Plana, ce qui jadis faisait partie du cours des choses, avait pris un sens sinistre. C'est aussi que la destruction envahit un corps épuisé par des blessures que l'homme sain remarque à peine.

Aussi les signes précurseurs demeurèrent-ils inaperçus. Lorsque les bruits coururent d'émeutes dans la Campagna, il sembla que ce fussent les anciennes querelles de l'esprit de vengeance qui se ravivaient, mais l'on apprit bientôt qu'elles étaient assombries de traits nouveaux et insolites. Le noyau d'honneur barbare, qui avait atténué la violence, allait se perdant ; il ne restait plus que le simple crime. On avait aussi l'impression que dans les ligues des clans s'étaient glissés des espions et des agents venus des forêts pour s'emparer d'elles à des fins étrangères. Les anciennes formes perdaient ainsi tout leur sens. De tout temps par exemple, quand on découvrait à un carrefour un cadavre, la langue fendue d'un coup de poignard, on savait qu'un traître venait de succomber aux coups des vengeurs postés sur son chemin. Après la guerre d'Alta-Plana, on pouvait aussi rencontrer des morts qui portaient de telles marques ; mais chacun savait désormais qu'il s'agissait de victimes de la pure cruauté.

De même, les ligues avaient toujours prélevé un tribut, mais les propriétaires des domaines le payaient volontiers, considérant qu'il était en même temps une sorte de prime au bon entretien des troupeaux. À présent, les exigences prenaient des proportions intolérables, et quand le fermier apercevait sur le poteau la blancheur de la lettre d'exaction, force était alors de payer ou de quitter le pays. Plus d'un à vrai dire avait aussi songé à résister, et l'on en était venu dans ces cas à un pillage qui visiblement se déroulait suivant un plan tout tracé.

Habituellement, une bande, conduite par des gens des forêts, se présentait alors devant les fermes, et quand on lui refusait l'entrée, faisait sauter les serrures. On nommait aussi cette engeance les Vers de Feu, car ils attaquaient les vantaux avec des poutres sur lesquelles brillaient de petites lumières. D'autres expliquaient ce nom par le fait que, leur assaut mené à bien, ils soumettaient les gens au supplice du feu pour apprendre où l'argent se trouvait caché. On racontait d'eux en tout cas les choses les plus viles et les plus basses dont homme soit capable. Il leur fallait encore, pour éveiller l'effroi, empaqueter les cadavres dans des caisses ou des barils ; et cet épouvantable chargement était expédié, avec les transports qui venaient de la Campagna, à la parenté dans sa maison même.

Mais il était une circonstance qui révélait davantage encore la gravité du péril : tous ces crimes qui soulevaient le pays et criaient justice, c'est à peine s'ils trouvaient encore des vengeurs, et l'on en venait même à ne plus oser en parler qu'à voix basse, tant éclatait aux yeux de tous la faiblesse où se trouvait le droit vis-à-vis de l'anarchie. À vrai dire, dès le commencement des pillages, on avait envoyé des commissaires accompagnés de détachements en armes, mais ils avaient déjà trouvé la Campagna en pleine sédition, si bien qu'aucun pourparler n'avait été possible. Pour agir à présent de manière radicale, il fallait d'abord, conformément à la constitution, que les états fussent convoqués, car dans des pays comme la Marina où le droit possède une longue histoire, on n'aime point délaisser les voies juridiques.

Il apparut à cette occasion que les gens de la Campagna eux aussi étaient déjà représentés dans la Marina, les citadins revenus à la ville conservant une clientèle de pasteurs, ou bien s'étant affiliés aux ligues des clans par le serment du sang. Ces bandes à présent suivaient-elles aussi le néfaste changement, et tout particulièrement aux endroits où l'ordre déjà menaçait ruine.

L'on vit ainsi prospérer de sombres avocats qui protégeaient l'injustice devant les tribunaux, et dans les petites tavernes des ports, les ligues eurent leurs libres repaires. On pouvait voir à présent à leurs tables les mêmes figures que là-bas autour des feux de la steppe ; là s'asseyaient et semblaient sommeiller de vieux bergers, les jambes enveloppées de peaux de bêtes, à côté d'officiers qui depuis la guerre d'Alta-Plana étaient à la demi-solde ; et tout ce qu'on trouvait de chaque côté des falaises de marbre en fait de gens aigris ou avides de changement avaient accoutumé de boire ici et se croisaient sur le seuil, comme à l'entrée de sombres quartiers généraux. Le désordre ne pouvait que gagner, à ce que des fils de notables à leur tour, et des jeunes gens qui croyaient venue l'heure d'une nouvelle liberté, prissent part à cette agitation. Il se trouvait aussi des hommes de lettres qui commençaient à imiter les chansons des bergers, que jusqu'alors les seules nourrices avaient murmurées près des berceaux ; on les voyait, vêtus non plus de vêtements de bure ou de toile, mais de peaux velues, se promener sur le Corso, de grossiers gourdins à la main. Ce fut aussi l'usage, en de tels cercles, de décrier la culture de la vigne et du blé, et de situer l'asile de l'authentique règle ancestrale au farouche pays des bergers. On sait que les idées qui ravissent les inspirés sont souvent quelque peu fumeuses, et l'on aurait pu rire de ces choses, si l'on n'en était point venu au sacrilège avoué, ce qui ne pouvait paraître qu'absolument insensé à tout homme possédant encore sa raison.

X

Dans la Campagna, aux endroits où les sentiers des pâturages coupaient la frontière des districts, on voyait souvent se dresser les petits dieux des bergers.

Ces gardiens des limites étaient grossièrement taillés dans la pierre ou le vieux chêne, et on les devinait de loin à l'odeur de ranci qu'ils répandaient. Car l'offrande traditionnelle consistait à verser en libations brûlantes du beurre fondu, et la graisse intestinale que laisse de côté le couteau des sacrifices. C'est pour cette raison qu'on voyait toujours à l'entour des images les noires cicatrices de petits feux dans la verdure des prairies. Les bergers, leur offrande accomplie, conservaient toujours de ces feux un rameau carbonisé, dont ils marquaient, durant la nuit du solstice, tous les corps qui devaient enfanter, femmes et bétail. Parfois nous rencontrions dans de tels endroits les filles qui revenaient de traire ; elles tiraient alors le fichu sur leur visage, et frère Othon, l'ami et le connaisseur des dieux des jardins, ne passait jamais devant ces statues sans leur dédier une raillerie. Il leur attribuait une grande antiquité, et les nommait les compagnons d'enfance de Jupiter. Il y avait encore, non loin de la Corne aux Tanneurs, un boqueteau avancé formé de saules pleureurs où se trouvait l'image d'un taureau, les naseaux rouges, la langue rouge, et le membre peint de rouge. L'endroit passait pour malfamé, et l'on parlait à son propos de fêtes atroces.

Mais, qui jamais eût voulu croire ? Les dieux de la graisse et du beurre, chargés de remplir le pis des vaches, commençaient à être honorés dans la Marina. Et cela dans des demeures où depuis longtemps on se raillait des sacrifices et de leurs cérémonies. Les mêmes esprits qui s'étaient estimés assez forts pour trancher les liens de l'antique religion des ancêtres étaient à ce point asservis par le sortilège d'idoles barbares. L'image qu'ils offraient d'eux-mêmes dans leur aveuglement était plus répugnante que l'ivresse qu'on voit dans le plein jour. Alors qu'ils pensaient prendre leur vol et s'en faisaient gloire, ils se vautraient dans la poussière.

C'était un mauvais signe aussi, que l'esprit de désordre s'en prît aux honneurs rendus aux morts. En tout temps, la caste des poètes avait tenu dans la Marina une place glorieuse. Ils passaient là-bas pour les dispensateurs de libres richesses et le don de former des vers était tenu pour la source de plénitude. Que les vignes fleurissent et portent leurs fruits, qu'hommes et bêtes aillent prospérant, que les vents mauvais s'apaisent, et que la joyeuse concorde habite les cœurs — tout cela, on en rendait grâce à l'harmonie qui vit dans les chansons et dans les hymnes. Cela, le moindre vigneron en était convaincu, et que l'harmonie recèle une force qui guérit, il le croyait tout aussi fort.

Personne là-bas n'était si pauvre, que les prémices et les plus beaux fruits de son jardin ne fussent pour les cabanes des philosophes et les ermitages des poètes. Ainsi tout homme qui se sentait appelé à servir le monde par l'esprit pouvait vivre dans le loisir, — pauvre certes, mais non point indigent. Et dans la vie de ceux qui cultivaient les champs et façonnaient la parole, la vieille sentence montrait le chemin : les plus beaux présents des dieux sont gratuits.

On reconnaît les grandes époques à ceci, que la puissance de l'esprit y est visible et son action partout présente. Il en était ainsi de ce pays ; dans le déroulement des saisons, dans le service des dieux et dans la vie humaine, aucune fête n'était concevable sans la poésie. Mais le poète avait surtout durant les fêtes des morts, après la consécration du cadavre, la fonction de juge des morts. C'est à lui qu'il appartenait de jeter sur l'existence du disparu le regard des dieux et de la célébrer dans le poème comme le plongeur dégage la perle hors du coquillage. Dès les origines il existait deux degrés dans l'honneur funèbre, dont le plus usité était l'élégeion. L'élégeion était comme l'offrande qu'il convenait d'apporter à une vie honnêtement passée dans l'amertume et la joie mêlées, telle qu'elle nous est échue à nous autres hommes. Le ton s'apparentait à la plainte, mais une plainte sans faiblesse, et telle que le cœur s'en trouve réconforté dans ses souffrances.

Mais il y avait aussi l'eburnum, réservé dans les vieux âges aux vainqueurs de ces monstres qui avant les hommes hantaient les marais et les gorges. L'eburnum classique devait être prononcé dans une allégresse extrême et grandiose ; il lui fallait se terminer sur l'Admiratio, pendant laquelle un aigle noir, sortant d'une cage brisée, montait vers le ciel. Les temps devenant moins rudes, on décerna l'eburnum également, à ceux qu'on nommait les bâtisseurs ou les optimates. Et quels étaient ceux-ci, le peuple l'avait toujours su par un sûr instinct, bien qu'à mesure que la vie se raffinait, les images des ancêtres se fussent altérées elles aussi.

Or, pour la première fois, on vit s'élever des querelles autour des sentences des juges des morts. Avec les ligues, en effet, les rivalités du sang, venant de la Campagna, pénétrèrent dans les villes. Pareille à l'épidémie qui trouve un terrain encore intact, la haine s'y déchaîna puissamment. On s'attaquait durant la nuit frappant avec les armes les plus viles, et cela sans nulle raison, sinon que cent ans auparavant et davantage Jegor avait assassiné Wenzel. Mais est-il encore des raisons, quand l'aveuglement nous saisit. Il ne se passa bientôt plus de nuit, où la garde ne découvrît des morts dans les rues et dans les maisons, et l'on en rencontrait plus d'un avec des blessures qui n'étaient point dignes d'une épée, ces blessures mêmes dont la rage aveugle déchire un ennemi déjà mort.

Dans les batailles qui menaient tout droit aux chasses à l'homme, aux embuscades, aux incendies, les partis perdirent toute mesure. On eut bientôt l'impression qu'ils se considéraient à peine entre eux comme des êtres humains, et leur langage s'emplit d'expressions qui n'ont cours d'habitude que parmi cette engeance qu'on doit extirper, détruire et passer par le feu. Ils ne savaient reconnaître le crime que dans le parti opposé, cependant qu'ils tiraient gloire chez eux de ce qui chez l'adversaire méritait le mépris. Tandis que chacun tenait les morts des autres pour tout juste dignes d'être enterrés de nuit et sans lumière, il fallait que les siens fussent revêtus du suaire de pourpre, il fallait que retentisse l'eburnum et que l'aigle s'envole, qui s'élance vers les dieux, vivante image des héros et des croyants.

À vrai dire aucun des grands chanteurs, et bien qu'on leur offrît des monceaux d'or, ne se prêta à une profanation. Ils s'adressèrent alors aux parpistes qui accompagnent les danses dans les kermesses, et aux joueurs de cithare aveugles, qui devant les tricliniums des maisons de plaisir, réjouissent l'ivresse des convives en chantant la *Conque de Vénus* ou l'*Hercule glouton*.

Ainsi champions et bardes étaient-ils dignes les uns des autres.

Mais le mètre est chose qu'on ne corrompt point. Ses colonnes invisibles, ses portiques sont inaccessibles aux feux de la destruction. Et ces imposteurs s'abusaient eux-mêmes, qui pensaient que des offrandes du rang de l'eburnum pouvaient s'acheter. Nous n'assistâmes qu'à la première de ces fêtes funèbres, et les choses que nous vîmes furent telles que nous les attendions. Le mercenaire appelé à franchir l'arche du poème, chemin sublime sur le feu subtil, aussitôt balbutia et se déconcerta. Mais bientôt, sa langue se déliant, il fit appel aux ïambes ignobles de la haine et de la vengeance qui dardaient dans la poussière leur venin. Nous vîmes, assistant à ce spectacle, la foule dans les pourpres vêtements de fête qu'on porte pour l'eburnum, avec les magistrats et le clergé en grand costume.

En d'autres temps, quand l'aigle prenait son vol, un profond silence régnait ; il y eut, cette fois, une explosion de sauvage allégresse.

Écoutant ces cris, la tristesse nous saisit, et beaucoup d'autres avec nous ; car nous sentions que, désormais, le juste esprit des ancêtres abandonnait Marina.

XI

Bien d'autres signes étaient visibles où se manifestait le déclin. Ils étaient pareils à l'éruption qui apparaît, disparaît et revient. Et des journées sereines s'y mêlaient, durant lesquelles tout semblait comme par le passé.

C'était là justement un trait magistral du grand Forestier : il administrait la frayeur par doses légères, qu'il augmentait peu à peu, et dont le but était de paralyser la force de résistance. Le rôle qu'il jouait dans ces troubles savamment préparés à l'abri de ses forêts était celui d'une puissance d'ordre, car tandis que ses agents inférieurs, installés dans les ligues des bergers, grossissaient l'élément anarchique, les initiés pénétraient dans les emplois des magistratures, et jusque dans les cloîtres, où l'on voyait en eux des esprits énergiques appelés à mettre la populace à la raison.

Le grand Forestier ressemblait ainsi à un médecin criminel qui d'abord provoque le mal, pour ensuite porter au malade les coups dont il a le projet.

Il existait bien parmi les magistrats des têtes qui pénétraient ce jeu, mais pour l'entraver, il leur manquait la force. On avait eu de tout temps à la Marina des troupes étrangères à la solde de l'État et, tant que les choses étaient restées dans l'ordre, elles avaient servi convenablement. Mais dès que les conflits s'étendirent jusqu'à nos rivages, chacun chercha à gagner les mercenaires, et la valeur marchande de Budenhorn, leur chef, s'accrut énormément en une seule nuit. Il était bien le dernier qui dût souhaiter changer un état de choses si favorable à ses intérêts ; il se mit plutôt à faire le difficile et retint les troupes par-devers soi comme de l'argent qu'on avance moyennant intérêt. Il s'était retranché avec elles dans une vieille forteresse, la Tour d'Armes, et il vivait là-dedans comme un coq en pâte. C'est ainsi qu'il avait installé sous les voûtes du donjon une salle de banquet où il siégeait au milieu des beuveries, à l'abri de ses murailles. Dans le vitrail des fenêtres, on apercevait son blason, deux cornes et la devise :

Hanap lourd,
Fais le tour !

Il vivait dans cette retraite, plein de cette joviale astuce du Nord, qu'on sous-estime trop aisément, et le visage empreint d'un souci bien simulé, il écoutait ceux qui venaient se plaindre. Le verre en main, il se montrait toujours zélé pour le droit et pour l'ordre, mais jamais on ne voyait qu'il en vînt à frapper. En même temps il négociait non seulement avec les ligues des clans, mais avec les capitaines du grand Forestier, qu'il hébergeait et régalait de festins aux frais de la Marina. Avec ces capitaines des forêts, il joua aux communes un tour terrible. Ayant feint qu'il avait besoin d'aide, il leur avait confié ainsi qu'à leur engeance des bois la surveillance des districts campagnards. De cet instant l'épouvante fut reine, et elle prit le masque de l'ordre.

Les contingents mis à la disposition des capitaines furent d'abord minimes ; on ne les envoyait aussi en campagne que par petits groupes, telle une gendarmerie. Ceci s'appliquait surtout aux chasseurs, que nous voyions fréquemment passer autour de l'Ermitage aux buissons blancs, et qui malheureusement s'arrêtaient aussi pour manger dans la cuisine de Lampusa. C'était la gent des forêts, telle que les livres la dépeignent, petite, l'œil clignotant, à la barbe noire en pointe dans un visage tout mangé de rides, parlant une sorte de sabir où s'était mêlé ce que toutes les langues ont de pire et qui semblait pétri de fange sanglante.

Nous les trouvions équipés d'armes mineures, lacets, filets, et de poignards courbes qu'ils appelaient tire-sang. Bien souvent ils étaient parés de la dépouille de petits animaux, et c'est ainsi que sur les gradins de nos falaises de marbre ils firent la chasse aux grands lézards. Ils les attrapaient par le vieux procédé bien connu qui consiste à mouiller de salive un lacet très fin. Ces beaux animaux constellés de vert et d'or avec d'éclatantes blancheurs, avaient souvent réjoui nos yeux, surtout quand nous les regardions courir parmi les buissons de mûres sauvages qui s'élevaient le long des falaises en guirlandes pourpres. Leurs peaux étaient objet de convoitise pour les chaudes courtisanes méridionales que le vieux tolérait sur ses domaines ; ses muscadins et ses raffinés s'en faisaient également fabriquer des ceintures et de mignons étuis. Aussi ces vertes créatures de rêve furent-elles impitoyablement pourchassées et soumises à d'affreux traitements. Ces bourreaux ne prenaient même pas la peine de les tuer, mais les écorchaient tout vifs, pour les laisser fuir ensuite comme de blancs fantômes, tombant au pied des falaises où ils périssaient dans les pires souffrances. Profonde est la haine qui brûle contre la beauté dans les cœurs abjects.

Ces petites besognes de chasseurs de charogne n'étaient cependant qu'un prétexte pour espionner dans les domaines et les maisons, si quelque reste de liberté s'y maintenait vivant.

Les actes de banditisme que la Campagna connaissait déjà se renouvelaient alors, et les habitants étaient enlevés à la faveur de la nuit et du brouillard. Nul n'en revenait ; ce que nous entendions chuchoter de leur destin parmi le peuple faisait songer aux cadavres des lézards que nous trouvions écorchés sous les falaises, et nous remplissait le cœur d'affliction.

Puis surgirent aussi les forestiers, qu'on vit souvent s'occuper le long des vignobles et sur les coteaux. Ils semblaient mesurer à neuf le pays, car ils faisaient creuser des trous dans le sol et plantaient des poteaux qui portaient des signes runiques et des symboles animaux. La manière dont ils allaient à travers prés et champs était plus consternante encore que celle des chasseurs, car ils foulaient les terres familières de la charrue comme si c'eût été des landes, ne respectant ni chemins ni limites. Ils n'accordaient pas non plus le salut aux images sacrées. On les voyait ainsi parcourir les riches territoires comme on traverse un désert inculte et disgracié.

Le spectacle de tels temps laissait prévoir ce qu'on était en droit d'attendre encore de la part du vieux, aux aguets dans ses profondes forêts. Lui qui haïssait la charrue, le blé, la vigne et les animaux domestiques, à qui les claires demeures et la vie au grand jour étaient contraires, se souciait peu de régner sur cette plénitude. Son cœur s'ouvrait seulement quand sur la ruine des villes les mousses et le lierre verdissaient, et que la chauve-souris, sous les voussures crevées des cathédrales, voletait à la clarté de la lune. Il voulait voir, à l'extrême bord de son domaine, les arbres baigner leurs racines dans la Marina, et sur leur cime le héron argenté devait rencontrer la cigogne noire s'envolant des taillis de chênes pour regagner le marécage. Il fallait que le sanglier fouille de ses défenses la terre noire des vignobles et que les castors circulent sur les étangs des couvents, quand par des sentiers cachés les bêtes sauvages s'acheminent au crépuscule pour étancher leur soif. Et sur les lisières, où les arbres ne peuvent s'enraciner dans le marécage, il voulait voir au printemps passer les bécasses et durant l'arrière-saison la grive voler vers les baies rouges.

XII

Pas plus que les fermes, le grand Forestier n'aimait l'ermitage des poètes, ni aucun lieu qui abritât le travail de la pensée. De tout ce qui vivait sur ses territoires le meilleur était encore une race de rudes gaillards dont l'unique plaisir était dans la poursuite et la chasse et qui, de père en fils, étaient dévoués au vieux. Ceux-là étaient ses veneurs, tandis que les chasseurs subalternes que nous apercevions à la Marina sortaient des étranges villages auquel le vieux accordait toute sa sollicitude dans la profondeur des bois.

Fortunio, qui connaissait le mieux les terres du vieillard, m'avait décrit ces villages comme des ramassis de cabanes toutes noires de vétusté, aux murs faits de glaise et de torchis, aux toits pointus couverts de mousse grise. Là vivait, comme au fond des cavernes, une sombre engeance aussi libre que l'oiseau, aussi menacée également. Bien qu'il fût nomade, ce peuple laissait toujours derrière soi dans ses nids et ses repaires un rameau de sa race, comme dans le pot d'épices on garde toujours le même vieux fond jamais nettoyé afin d'augmenter la saveur. Dans ces profondeurs forestières s'était réfugié tout ce qui avait pu fuir la destruction pendant les guerres et durant les temps de troubles publics — Huns, Tartares, Tsiganes, Albigeois et sectes hérétiques de toute sorte. S'étaient joints à eux, les éternels échappés des prévôtés et des bourreaux, les groupes dispersés des grandes bandes de pillards venus de Pologne ou du Rhin inférieur et des femmes dont le seul travail est celui des hanches, et que l'argousin balaie des portes de la ville.

C'était là aussi que les nécromants et les maîtres en sorcellerie qui avaient esquivé le bûcher, ouvraient leurs cuisines maléfiques ; et chez les initiés, Vénitiens et alchimistes, ces villages inconnus comptaient parmi les asiles de la magie noire. J'avais vu entre les mains d'Antonio un manuscrit provenant du rabbin Nilüfer, lequel, chassé de Smyrne, avait durant ses pérégrinations été lui aussi l'hôte de ces forêts. On voyait, à lire son écrit, l'histoire du monde se refléter comme en de troubles marais aux bords desquels nichent les rats. On y trouvait aussi la clé de maintes obscurités que cette histoire présente. Ainsi, il était connu que maître Villon, banni de Perouard, avait trouvé refuge dans l'un de ces nids de broussaille où, parmi bien d'autres tribus des ténèbres, les coquillards avaient eu leur séjour primitif. Plus tard, ils étaient montés vers la Burgondie, mais ils avaient toujours conservé là un sûr refuge.

Et quoi que ce fût que le monde déversât dans leurs profondeurs, ces forêts possédaient en elles de quoi le rendre au centuple. C'était d'elles avant tout que sortaient ces ignobles chasseurs qui s'offraient à détruire la vermine dans les maisons et les champs, et selon Nilüfer c'était en elles, et nulle part ailleurs, qu'avait disparu le joueur de flûte de Hamel, entraînant les enfants. Avec ces bandes, le pillage et les querelles parcouraient le pays. Mais de ces forêts sortaient aussi les séduisants imposteurs, apparaissant avec des voitures et une suite et qu'on rencontre même dans les cours des princes. Ainsi se répandait par les canaux du monde un sombre flot de sang jailli de ces lieux. Partout où se tramaient le crime et les basses œuvres de la vengeance, l'une des infâmes corporations était mêlée, elle était dans la danse aussi sur les gibets où le vent conduit la farandole des pauvres diables.

Pour tous ces gens, le vieux était le grand maître ; ils baisaient l'ourlet de sa veste de chasse rouge ou la tige de sa botte quand il était à cheval. Lui, de son côté, se conduisait avec eux selon son bon plaisir et parfois en faisait accrocher quelques douzaines dans les arbres comme des grives, lorsque l'engeance semblait par trop croître et multiplier. Cela mis à part, ils avaient toute licence de vivre et faire ribote sur ses territoires.

Comme seigneur et protecteur de la patrie des êtres errants, le vieux jouissait aussi au-delà de ses frontières d'un pouvoir immense, secret, et qui poussait de lointaines ramifications. Partout où les édifices que dresse l'ordre humain menaçaient ruine, son engeance surgissait tel un fouillis de champignons. Elle grouillait et s'agitait, là où les domestiques refusaient obéissance à la maison héréditaire et sur les navires où la mutinerie éclatait pendant la tempête, et dans les batailles où l'on abandonnait son seigneur et roi.

Mais le grand Forestier était admirablement servi par de telles forces. Lorsqu'il reçut les Maurétaniens dans sa résidence de la ville, il était environné d'une abondante domesticité, chasseurs en livrée verte, laquais en habit rouge et escarpins noirs, fonctionnaires de sa maison et intimes de toute espèce. On eut quelque idée durant ces fêtes de l'espèce de bonheur dont le vieux aimait s'entourer dans ses forêts. La vaste salle était chaude et rayonnait de lumière, non point d'une clarté de flamme, ou bien de celle de l'or qui brille dans les cavernes.

De même que dans le creuset des alchimistes le diamant resplendissant sort d'un vil rougeoiement de charbons, dans ces repaires des grands bois grandissaient parfois des femmes d'une exquise beauté. Elles étaient, comme chacun dans les forêts, la propriété du vieux, et dans ses voyages, il emmenait toujours des litières parmi sa suite. Quand, dans ses petites maisons aux portes de la ville, il invitait les jeunes Maurétaniens, et qu'il était de bonne humeur, il lui arrivait d'offrir en spectacle les odalisques, comme aussi ses autres joyaux. Il les faisait appeler dans la salle de billard, où, le lourd repas fini, on se réunissait autour des boissons au gingembre, et leur donnait les boules pour une partie. On voyait alors ces corps dévoilés se pencher sur le drap vert, dans l'éclat rouge des flambeaux et s'incliner et se mouvoir en de multiples poses exigées par le jeu. On racontait sur ce même sujet des choses bien plus brutales, quand dans ses forêts, après une longue chasse au renard, ou à l'ours, il buvait sur l'aire ornée d'armes et de ramures et s'asseyait au haut bout de la table dans son siège que garnissaient des dépouilles encore tachées de sang.

De telles femmes lui servaient en outre d'appeaux d'une espèce particulièrement raffinée, partout dans le monde où il se trouvait mêlé à quelque intrigue. Qui s'approchait de ces fleurs trompeuses, surgies des marécages, tombait sous le charme auquel se soumet l'abjection ; et durant nos séjours chez les Maurétaniens nous avions vu déjà succomber ainsi plus d'un être qu'attendait un grand destin, car à de tels artifices c'est le plus noble qui se laisse prendre.

Telle était l'humanité qui devait s'étendre sur le

pays, quand le vieux se serait rendu complètement maître de la Marina. Ainsi voit-on des pommes aigres, des pavots et des jusquiames succéder aux fruits de choix quand les jardins ont été dévastés par l'ennemi. Alors, à la place des dispensateurs du pain et du vin, se dresseraient sur les piédestaux les dieux étrangers, telle la Diane devenue dans les marécages animalement féconde, et qui trônait là-bas sous des parures semblables à des grappes formées de seins d'or, tels aussi les symboles horribles dont les griffes, les cornes et les dents jettent l'épouvante et qui réclament des victimes indignes de l'homme.

XIII

Les choses en étaient là sept ans après la guerre d'Alta-Plana, et selon nous c'était à cette campagne qu'il fallait rapporter tous les maux qui assombrissaient le pays. Certes tous deux nous y avions pris part, nous nous étions mêlés au carnage des cavaliers pourpres dans les défilés, mais uniquement pour accomplir notre devoir de vassal, et dans l'état où nous étions, il importait de frapper, non point de s'arrêter pour chercher le juste et l'injuste. Mais on commande plus aisément à son bras qu'à son cœur et nous vivions en esprit parmi ces peuples qui surent défendre si vaillamment leur vieille liberté contre toute oppression, recueillant une victoire où nous vîmes bien davantage que le simple bonheur des armes. Nous avions aussi gagné une amitié hospitalière dans Alta-Plana, car devant les défilés le jeune Ansgar, fils du maître des Chaumes de Bodan, était tombé entre nos mains et nous avions échangé des présents. De notre terrasse, nous apercevions au fond de l'horizon les Chaumes de Bodan, nappe bleuâtre enfouie dans la mer des pics neigeux, et à la pensée qu'à toute heure, dans leur demeure des hautes vallées, un foyer, un refuge nous était préparé comme à des frères, nos cœurs s'emplissaient de sécurité.

Lorsque dans notre pays natal, bien loin vers le nord, nous eûmes reposé nos armes à leur place et refermé sur elles la porte, le désir nous prit d'une vie nouvelle qui fût pure de toute violence, et nous nous souvînmes de nos études anciennes. Nous nous rendîmes chez les Maurétaniens pour leur faire un adieu plein d'honneur, où nous reçûmes le ruban noir-rouge-noir qui nous retirait de l'action. Nous ne manquions ni du courage, ni du jugement nécessaires pour gagner dans l'ordre un rang élevé. Mais nous demeurions incapables de contempler de haut la souffrance des êtres faibles et anonymes, comme on regarde dans l'arène du haut de la tribune sénatoriale.

Mais que faire, si les faibles méconnaissent la loi, et dans leur aveuglement tirent les verrous qui n'étaient poussés que pour les protéger ? Aussi ne pouvions-nous blâmer entièrement les Maurétaniens, car le juste et l'injuste se mêlaient désormais inextricablement ; les cœurs les plus fermes chancelaient et les temps étaient mûrs pour ceux qui jettent l'épouvante. L'ordre humain ressemble au Cosmos en ceci, que de temps en temps, pour renaître à neuf, il lui faut plonger dans la flamme.

Sans doute avions-nous bien raison de nous éloigner des querelles dont aucune gloire ne pouvait sortir, et de revenir à la paix de la Marina, pour donner sur ces rives lumineuses toute notre attention aux fleurs, signes éphémères, aux mille couleurs, qui recèlent l'immuable comme en de secrets caractères et ressemblent aux cadrans où toujours on peut lire l'heure exacte.

Mais à peine la demeure et le jardin étaient-ils construits et le travail assez avancé pour nous montrer ses premiers fruits, que déjà nous voyions les incendies criminels jeter leur lueur à l'horizon de la Campagna. Lorsque ensuite les troubles s'étendirent à la Marina, nous fûmes contraints de recueillir des informations, afin d'être fixés sur l'ampleur et le genre de la menace.

De la Campagna nous venait le vieux Belovar, qui était fréquemment l'hôte de la cuisine de Lampusa. Il arrivait porteur d'herbes et de racines singulières, que ses femmes arrachaient dans la terre grasse des basses prairies et que Lampusa faisait sécher pour ses breuvages et ses mixtures. Nous étions pour cette raison devenus ses amis, et sur le banc, devant la porte de la cuisine, nous avions vidé avec lui mainte cruche de vin. On pouvait se fier à lui pour tous les noms que le peuple donne aux fleurs, dont il sait distinguer un grand nombre ; et nous aimions l'écouter afin d'enrichir notre synonymique. Il connaissait aussi l'endroit où poussent les rares orchidées, celle qui fleurit dans les buissons avec l'odeur d'un bouc, celle dont la lèvre est formée comme un corps humain, celle dont la fleur est semblable à l'œil d'une panthère. Nous en vînmes ainsi à le laisser bien souvent nous accompagner, quand nous herborisions par-delà les falaises de marbre. Il connaissait les chemins et les sentiers jusqu'aux forêts ; mais c'est surtout lorsque les bergers devinrent dangereux que sa présence nous fut d'un secours efficace.

En ce vieillard s'incarnait tout ce que les grands pâturages offraient de meilleur, mais non point au sens où les muscadins le rêvaient, qui pensaient avoir découvert dans le peuple des bergers l'homme idéal, et le célébraient en des poèmes couleur de rose. Âgé de soixante-dix ans, le vieux Belovar était d'une taille haute, maigre, avec une barbe blanche qui contrastait étrangement auprès de sa chevelure demeurée noire. Dans son visage, éclataient surtout des yeux sombres, qui surveillaient les lointains de son domaine d'un regard aussi perçant que celui du faucon, mais étincelaient aussi dans la colère, comme ceux d'un loup. Le vieillard portait des anneaux d'or aux oreilles. Il avait aussi pour parure un foulard rouge et une ceinture d'étoffe rouge qui laissait voir le pommeau et la pointe d'un coutelas. La poignée de bois verni de cette vieille arme portait onze entailles colorées au rouge des teinturiers.

Lorsque nous fîmes sa connaissance, le vieillard venait de prendre sa troisième femme, une enfant de seize ans, qu'il s'entendait à maintenir dans une docilité exemplaire, et parfois rouait de coups quand il était ivre. Lorsqu'il venait à parler des querelles de vengeance, ses yeux s'emplissaient d'éclairs, et nous comprenions alors que le cœur de l'ennemi l'attirât comme un tout-puissant aimant, tant que l'existence y battait, et que le glorieux éclat de ces actes de vengeance eût fait de lui un chanteur comme on en trouvait plusieurs dans la Campagna. Quand là-bas, autour des feux, on buvait en l'honneur des dieux des bergers, il arrivait fréquemment dans le cercle qu'un homme se levât et célébrât dans une langue inspirée le coup mortel dont il avait frappé son ennemi.

Le temps passant, nous nous habituâmes au vieillard, et nous prîmes plaisir à le voir, tout comme on supporte volontiers un chien fidèle, bien que l'âme du loup brûle encore en lui. Si la farouche ardeur terrestre flamboyait en cet homme, rien d'ignoble cependant ne l'habitait, et c'est pourquoi les forces ténébreuses qui surgissaient des forêts pour envahir la Campagna étaient l'objet de sa haine. Et nous eûmes vite remarqué que cette âme brutale n'était pas sans vertu ; pour le bien aussi elle s'enflammait avec une violence qu'on ignore dans les villes. C'est ainsi que l'amitié était pour lui plus qu'un sentiment ; sa flamme n'était pas moins hardie ni indomptable que celle de la haine. Nous nous en aperçûmes à notre tour, quand frère Othon fit tourner à son avantage devant le tribunal une méchante affaire où, durant les premières années de notre séjour, les consuls de la Marina avaient impliqué le vieillard. Dès lors il nous porta dans son cœur, et ses yeux brillaient dès qu'il nous apercevait. Il nous fallut bientôt prendre garde d'exprimer un souhait en sa présence, car il aurait pénétré dans le nid du griffon pour nous faire de ses petits un joyeux présent. Nous pouvions à toute heure disposer de lui comme d'une bonne arme qu'on tient bien en main ; et nous connûmes par lui le pouvoir dont nous jouissons lorsqu'un autre être nous est totalement dévoué, ce pouvoir qui disparaît à mesure qu'évoluent les mœurs.

Aussi contre les périls qui se levaient dans la Campagna, ne nous sentions-nous vraiment couverts que par cette amitié. Nombreuses étaient les nuits où, tandis que nous travaillions silencieusement dans la bibliothèque et l'herbier, la lueur d'incendies criminels colorait le bord des falaises. Ces choses se déroulaient souvent si près de nous, que, lorsque le vent du nord soufflait, les bruits en montaient jusqu'à notre retraite. Nous entendions alors les coups des béliers heurtant les portails des cours, et les beuglements du bétail enfermé dans les écuries en flammes. Et le vent nous apportait aussi, faiblement, la mêlée des voix confuses, et le son des cloches qui battaient dans les petites chapelles domestiques, et lorsque tout cela se taisait brusquement, l'oreille demeurait longtemps encore aux aguets dans la nuit. Mais nous savions qu'aucun malheur ne menaçait notre Ermitage aux buissons blancs, tant que le vieux berger et sa farouche tribu camperaient dans la steppe.

XIV

Du côté de la Marina, par contre, nous pouvions compter sur l'appui d'un moine chrétien, le Père Lampros, du cloître de la Maria Lunaris qu'on vénère dans le peuple sous le nom de Falcifera. En ces deux hommes, le berger et le moine, éclatait la diversité des influences que les sols différents exercent sur les hommes non moins que sur les plantes.

Dans le vieil homme ardent à la vengeance, vivaient les grands pâturages, que le coutre d'une charrue n'avait pas encore entamés, comme dans le prêtre vivait la glèbe des vignobles à laquelle les soins de la main humaine avaient depuis tant de siècles donné la finesse de la poudre qui tombe dans les sabliers.

C'est à Uppsala que nous avions pour la première fois entendu parler du Père Lampros, et par Ehrhardt, qui là-bas était conservateur de l'herbier et nous fournissait la matière de nos travaux.

Nous nous occupions alors de la manière dont les plantes répartissent leurs éléments à l'image des rayons d'un cercle, de l'organisation autour d'un axe qui est à la base des figures organiques, et comme terme extrême, du principe de cristallisation, qui confère invariablement son sens à la croissance, comme le cadran de l'horloge confère son sens à l'aiguille. Ehrhardt nous apprit que nous avions parmi nous, à la Marina, l'auteur du bel ouvrage sur la symétrie des fruits, Phyllobius, sous le nom duquel se cachait le Père Lampros. Cette nouvelle éveillant notre curiosité, après nous être annoncés par un billet, nous rendîmes visite au moine dans le cloître de la Falcifera. Le cloître était si proche de nous, que de l'Ermitage aux buissons blancs nous apercevions la pointe de son clocher. L'église du cloître était lieu de pèlerinage et le chemin qui menait vers elle traversait de douces prairies, où les vieux arbres fleurissaient si magnifiquement qu'à peine distinguait-on dans leur blancheur une feuille verte. À cette heure matinale on n'apercevait personne dans les jardins que rafraîchissait la brise du lac ; et cependant la force des vivantes floraisons éparse dans l'air pénétrait si subtilement l'esprit qu'on pensait traverser des jardins enchantés. Bientôt nous aperçûmes le cloître dominant sur sa colline un large horizon et son église, construite en un style souriant. Déjà de loin nous entendions le son des orgues accompagnant le cantique que les pèlerins chantent à la louange de l'image vénérée.

Lorsque le portier nous fit traverser l'église, nous rendîmes nous aussi visite à l'image miraculeuse. Nous vîmes la grande image de la femme assise sur un trône de nuages, et ses pieds reposaient, comme sur un tabouret, sur une mince lune dans le croissant de laquelle était figuré un visage regardant vers la terre. Ainsi la divinité sous l'aspect du pouvoir qui trône au-dessus de l'éphémère nous apparaissait comme l'ordonnatrice et la dispensatrice de toutes choses.

Pénétrant dans le cloître même, nous fûmes accueillis par le Circulator qui nous conduisit à la bibliothèque dont le Père Lampros avait la garde. C'est là qu'il avait coutume de passer les heures réservées pour le travail, et c'est là que parmi les hauts in-folio, nous nous attardâmes souvent à converser avec lui. Lorsque nous en franchîmes le seuil pour la première fois, nous aperçûmes le Père, qui revenait du jardin du cloître, debout dans la salle silencieuse, une gladiole à la main. Il avait encore sur la tête le large chapeau de castor, et sur son manteau blanc jouaient les lumières tombant des vitraux de la galerie.

Nous trouvâmes dans le Père Lampros un homme qui pouvait compter la cinquantaine, de taille moyenne et délicatement proportionnée. Lorsque nous le vîmes de plus près, une sorte de peur nous saisit, car les mains et le visage de ce moine nous semblèrent étranges et inquiétants. Je dirais presque qu'ils semblaient appartenir à un cadavre, et il était difficile de croire qu'ils fussent habités par le sang et la vie. Ils étaient comme formés de cire tendre, aussi les jeux de physionomie ne venaient-ils que lentement à la surface de ce visage, et c'était une lueur plutôt qu'un mouvement des traits. Il donnait aussi une étrange impression de fixité, tel un dessin, lorsque, durant la conversation, il élevait la main ainsi qu'il aimait à le faire. Et ce corps cependant ne cessait de montrer une sorte de légèreté déliée qui semblait être entrée en lui comme un souffle animant une marionnette. Il ne manquait pas non plus d'enjouement.

En le saluant, frère Othon lui dit, pour louer l'image sainte, qu'il trouvait réunies en elle sous une forme supérieure les grâces de Fortuna et celles de la Vesta, sur quoi le moine inclina la tête avec un geste de politesse, puis la releva vers nous en souriant. Il semblait bien qu'après un instant de réflexion, il eût accepté ces quelques mots comme une offrande de pèlerins.

À ce trait, et à bien d'autres encore, nous reconnûmes que le Père Lampros évitait la controverse ; et son silence agissait plus puissamment que la parole. Dans la science également où il comptait au nombre des maîtres, il évitait de prendre part aux luttes des écoles. Son principe était que toute théorie représente une contribution à l'universelle genèse, l'esprit de l'homme en chacun de ses âges concevant à neuf la création, et que chaque interprétation recèle autant de vérité vivante, et pas davantage, que la feuille qui se déploie pour bientôt périr. C'est pour cette raison qu'il s'était nommé Phyllobius « feuille parmi les feuilles » montrant cet étonnant mélange de modestie et de fierté qui lui était propre.

Que le Père Lampros n'aimât point heurter l'interlocuteur, c'était également un signe de la politesse qui atteignait en lui à l'extrême raffinement. Comme il possédait la supériorité, il faisait en sorte d'accepter les paroles du partenaire et de les lui restituer en les confirmant dans un sens plus élevé. C'est ainsi qu'il avait répondu au salut de frère Othon, et cette manière d'être ne révélait pas seulement la bonté que le clerc sait acquérir au cours des ans et rendre meilleure tel un noble vin, elle révélait aussi cette courtoisie qu'on cultive dans les demeures patriciennes et qui doue leurs rejetons d'une seconde nature plus subtile. Elle révélait aussi la fierté, car l'esprit qui domine, possède son ferme jugement, et n'a que faire des opinions. On disait le Père Lampros issu d'une vieille maison burgonde, mais il ne parlait jamais du passé. De ses années mondaines, il avait conservé un anneau orné d'un sceau ; dans sa rouge cornaline était gravée une aile de griffon, sous laquelle figuraient les mots de son blason : J'attends en paix. Là aussi se trahissaient les deux pôles de son être : modestie et fierté.

Bientôt nous fîmes de fréquentes visites au cloître de la Falcifera pour nous attarder dans son jardin de fleurs ou dans la bibliothèque. Notre petite flore s'enrichit aussi beaucoup plus vite qu'elle n'avait fait jusqu'alors, car le Père Lampros herborisait dans la Marina depuis de nombreuses années, et nous ne le quittions jamais sans emporter une liasse de notices de son herbier, rédigées de sa propre main et dont chacune était un petit chef-d'œuvre.

Ces conversations favorisèrent également notre travail sur l'axe de croissance végétale, car il est de grande importance pour un projet de pouvoir en débattre tous les aspects avec un esprit pénétrant. Nous avions l'impression, en ce domaine, que le Père Lampros, tout naturellement et sans la moindre vanité d'auteur, prenait une part active à notre œuvre. Non seulement il possédait une vaste connaissance des phénomènes, mais il savait susciter aussi ces instants privilégiés où le sens de notre propre travail nous apparaît dans un éclair.

C'est ainsi qu'un matin il nous mena vers un talus du jardin que les jardiniers du cloître avaient sarclé de bonne heure, pour nous arrêter devant une place que recouvrait un drap rouge. Il nous dit qu'il pensait avoir dérobé au sarcloir une plante digne de réjouir nos yeux, et pourtant, lorsqu'il souleva le drap, nous ne vîmes rien d'autre qu'une jeune pousse de cette sorte de plantain auquel Linnaeus a donné l'épithète de major, et qu'on rencontre dans les moindres sentiers. Mais, lorsque nous nous penchâmes sur elle afin de l'observer attentivement, il nous parut qu'elle avait poussé avec une régularité peu commune, et une vigueur non moins rare. Son cercle formait une circonférence verte que les feuilles ovales subdivisaient et dont elles dentelaient le bord, et le centre de la croissance se détachait au milieu d'elles plus brillant. Fraîche et délicatement vivante la figure ainsi formée semblait être également indestructible, dans l'éclat tout spirituel de sa symétrie. Un frisson nous saisit alors ; nous sentîmes combien le délice de vivre et le délice de mourir étaient en nous profondément unis ; et nous relevant, nos yeux rencontrèrent le visage du Père Lampros. Il nous avait fait confidents d'un mystère. Nous avions d'autant plus motif d'apprécier la faveur que nous faisait le Père Lampros, que son nom était tenu en haute considération parmi les chrétiens, où nombreux étaient ceux qui venaient à lui dans l'espérance qu'ils trouveraient conseil et consolation. Mais d'autres l'aimaient aussi, qui ne croyaient qu'aux douze dieux, ou qui venaient du Nord où l'on vénère les Ases dans de vastes salles et dans les bois sacrés enclos de barrières. À eux aussi, lorsqu'ils venaient vers lui, le Père dispensait de cette même force, mais non plus sous la forme sacerdotale. Frère Othon, qui connaissait beaucoup de temples et de mystères, disait souvent que le plus merveilleux dans cet esprit, c'était qu'il pût allier un tel degré de connaissance avec l'observance de la stricte règle. Frère Othon pensait que le dogme va de pair avec la spiritualité et la suit dans son affinement progressif, comme un vêtement qui sur les premières marches est tissé d'or et de pourpre, puis va gagnant à chaque pas en qualité secrète, cependant que son dessin peu à peu se perd dans la lumière.

Confident de toutes les forces qui agissaient à la Marina, les événements qui s'y déroulaient n'avaient point de secret pour le Père Lampros. Dans le jeu qu'on menait là-bas il voyait plus clair sans doute que nul autre, et c'est pourquoi nous trouvions singulier que son existence monastique n'en subît aucun changement. Il semblait plutôt qu'à mesure que le danger se rapprochait, tout son être s'éclairait d'une allégresse plus pure et plus forte.

Souvent nous parlions de lui assis devant le feu

de sarments dans notre Ermitage aux buissons blancs — car aux époques menacées, de tels esprits dominent comme des tours la génération qui s'écroule. Nous nous demandions parfois si le mal lui semblait trop avancé déjà pour pouvoir être guéri, ou si sa modestie et sa fierté l'empêchaient de se mêler à la lutte des partis, par la parole ou l'action. Mais frère Othon saisissait bien plus justement le rapport entre toutes ces choses, lorsqu'il disait que pour de telles natures, la destruction n'a rien d'effrayant, et qu'elles étaient créées pour pénétrer dans les hautes flammes comme on entre par le portail dans la maison de ses pères. Lui, qui vivait comme en un rêve derrière les murs du cloître, était peut-être le seul parmi nous qui fût au cœur du réel.

Quoi qu'il en soit, si le Père Lampros faisait fi pour son propre compte de la sécurité, à notre égard il était plein d'une fidèle sollicitude. Nous recevions souvent de ses billets, signés du nom de Phyllobius, et nous pressant de nous rendre en excursion vers tel endroit où quelque rare fleur venait de s'ouvrir. Nous sentions alors qu'il désirait qu'à certaine heure nous fussions dans un endroit éloigné, et nous agissions en conséquence. Sans doute choisissait-il cette forme, parce que maintes choses lui étaient communiquées sous le couvert de sceaux inviolables. Nous remarquâmes aussi que ses messagers, lorsque nous n'étions pas à l'ermitage, nous transmettaient ces lettres par Erion, et non par Lampusa.

XV

Lorsque la marée de destruction commença de monter vers les falaises de marbre, des souvenirs de notre époque maurétanienne s'éveillèrent en nous, et nous soupesâmes les chances du salut par la force. Les diverses puissances dans la Marina s'équilibraient encore de telle sorte que des forces minimes pouvaient faire pencher la balance, car tant que les ligues de clan se déchiraient mutuellement, et que la position de Biedenhorn et de ses mercenaires restait douteuse, le grand Forestier ne disposait que d'un personnel réduit. Nous pensâmes, avec Belovar et son clan, poursuivre de nuit les chasseurs, et pendre aux carrefours le cadavre lacéré de tous ceux qui tomberaient dans nos filets, afin de parler aux vauriens des villages forestiers dans un langage qu'ils pussent comprendre. Lorsque nous débattîmes de tels projets, le vieux tant il eut de joie fit, comme au jeu de l'amour, sauter son large coutelas dans sa gaine et nous pressa d'aiguiser les harpons et d'affamer les chiens courants jusqu'à leur faire pendre une langue rouge à la seule odeur du sang. Nous aussi nous sentîmes alors la puissance de l'instinct passer en nous comme un éclair.

Cependant, lorsque dans la bibliothèque de l'herbier nous examinions la situation plus à fond, tout renforçait notre résolution de ne résister que par la pure puissance de l'esprit. Après Alta-Plana, nous avions cru reconnaître qu'il existe des armes plus fortes que celles qui tranchent et qui transpercent, mais nous retombions parfois comme des enfants dans ce monde primitif où l'épouvante est toute-puissante. Nous ne savions pas encore de quel immense pouvoir l'homme est dépositaire.

Sous ce rapport, la fréquentation du Père Lampros nous fut du plus grand prix. Sans doute notre propre mouvement eût-il été de prendre une résolution qui fût selon l'esprit dans lequel nous étions revenus à la Marina ; et cependant à de tels tournants de notre vie, l'aide d'un tiers nous est nécessaire. Le voisinage du bon maître fait éclater à notre esprit ce qui est notre volonté profonde et nous rend capables d'être nous-mêmes. Et c'est pourquoi l'image du noble modèle possède en notre cœur une telle vie ; nous pressentons en elle ce dont nous sommes capables.

Une période étrange s'ouvrit alors pour nous à la Marina. Tandis que dans le pays le crime prospérait comme le réseau des moisissures sur le bois pourri, nous nous absorbions de plus en plus profondément dans le mystère des fleurs, et leurs calices nous semblaient plus grands, plus radieux que jamais. Mais avant tout nous poursuivions notre travail sur le langage, car nous reconnaissions dans la parole l'épée magique dont le rayonnement fait pâlir la puissance des tyrans. Parole, esprit et liberté sont sous trois aspects une seule et même chose.

J'ose dire que notre labeur portait ses fruits. Plus d'un matin, nous nous éveillâmes dans une grande allégresse, et goûtant sur notre langue cette bonne saveur que l'homme connaît aux moments de la plus haute santé. Nous n'avions point de peine alors à trouver un nom pour les choses, et nous nous déplacions dans l'Ermitage aux buissons blancs comme en un lieu où toutes les chambres eussent possédé des pouvoirs magnétiques. Comme dans une ivresse, dans un vertige subtil, nous parcourions les pièces et le jardin, et déposions par intervalles nos feuillets sur la cheminée.

Par de telles journées, au moment où le soleil est au zénith, nous aimions gagner la crête des falaises de marbre. Nous enjambions, sur le sentier aux serpents, les sombres hiéroglyphes des vipères fer de lance, et gravissions les marches de l'escalier rocheux, éclatantes de clarté. Parvenus sur l'arête extrême des falaises, qui se dressait dans l'ardeur méridienne et dominait les lointains de sa blancheur aveuglante, nous contemplions longuement le pays, et nos regards, dans chacun de ses plis, dans chaque sente, cherchaient des signes de ce qui le sauverait. C'était alors comme si nos yeux se dessillaient, et telles les choses qui vivent dans les poèmes, nous embrassions cette réalité dans sa splendeur impérissable. Et nous comprenions alors avec allégresse, que la destruction demeure étrangère aux éléments et que son illusion roule à leur surface pareille au flot des fantômes brumeux qui ne résistent point au soleil. Et nous pressentions : si nous vivions dans ces cellules qui sont indestructibles, alors, de chaque anéantissement nous sortirions comme on sort par les portes d'une salle de festin, pour d'autres salles toujours plus rayonnantes.

Souvent, dans nos stations au sommet des falaises de marbre, frère Othon disait que là même était le sens de la vie : recommencer la création dans le périssable, comme l'enfant répète en son jeu le travail paternel. Ce qui donnait leur sens aux semailles et à l'engendrement, à la construction, à l'ordre qu'on impose aux choses, à l'image et au poème, c'était qu'en eux la grande œuvre se révélait, comme en autant de miroirs faits d'un cristal aux mille couleurs, qui bientôt se brise.

XVI

C'est avec joie que nous nous souvenons ainsi de nos jours de vaillance. Mais nous ne devons point non plus passer sous silence les jours où les puissances inférieures étaient les plus fortes. Aux heures de faiblesse, la destruction nous apparaît sous une forme terrible, comme ces images qu'on voit dans les temples des dieux de la vengeance.

Plus d'une aube grise nous vit errer avec hésitation dans l'Ermitage aux buissons blancs, et demeurer tristement songeurs dans l'herbier ou la bibliothèque. Nous avions coutume alors de fermer les volets et de lire à la lumière d'une lampe des feuilles jaunies et des papiers qui nous avaient accompagnés dans maints voyages. Nous reprenions aussi de vieilles lettres, et ouvrions, afin d'y puiser courage, les livres éprouvés, où des cœurs depuis bien des siècles tombés en poussière nous dispensent leur chaleur.

En ces journées où régnait l'ennui, nous fermions aussi les portes qui menaient au jardin, car le frais parfum des fleurs était trop vivant pour nos sens. Le soir, nous envoyions Erion dans la cuisine du roc, recevoir de Lampusa une cruche de ce vin qui sortit du pressoir durant l'année de la comète.

Puis lorsque le feu de sarments brûlait dans la cheminée, nous apportions les amphores de parfum, selon l'usage que nous avions fait nôtre en Bretagne. Nous avions coutume de recueillir dans ce but les pétales des fleurs à mesure que les saisons nous les donnaient et de les presser, après les avoir desséchés, dans de larges vaisseaux pansus. L'hiver venu, lorsque nous ôtions le couvercle des vases, la floraison aux mille couleurs avait depuis longtemps blêmi, et pris en se fanant des teintes de soie jaunie et de pourpre livide. Mais s'évaporant de ce regain de fleurs, pareil au souvenir des résédas et des roseraies, un merveilleux parfum s'élevait.

Nous allumions aussi, pour ces fêtes mélancoliques, de lourds cierges de cire pure. Ils provenaient encore du don que nous avait fait en nous quittant le chevalier de Provence Deodat, qui depuis longtemps était mort dans le Taurus sauvage. Baignés de leur clarté, nous évoquions le noble ami, et les soirées que nous avions passées à causer avec lui sur la haute muraille de Rhodes, tandis que le soleil se couchait à l'horizon sans nuages de l'Égée. À l'instant où il disparaissait, un léger souffle de vent montait vers la ville, venant du port aux galères. Alors le parfum des roses se mêlait à l'arôme des figuiers, et dans la brise marine fondaient les essences des forêts et des prairies couvrant les pentes lointaines. Mais, dominant tout, montait des fossés du rempart, où la camomille fleurissait sur des tertres ocreux, une profonde, une exquise senteur.

Avec elle s'élevaient les dernières abeilles, lourdes de pollen, qui par les fentes des murailles et les brèches des créneaux volaient vers leurs ruches dans les jardinets. Leur bourdonnement enivré nous avait si souvent divertis, quand nous nous attardions sur le bastion de la Porte d'Amboise, que Deodat, au moment de nous quitter, nous avait donné tout un fardeau de leur cire pour que nous l'emportions : « Afin que vous n'oubliiez point les bourdonnements dorés de l'île des Roses. » Et vraiment, quand les cierges brûlaient, il rayonnait de leurs mèches un arôme délicat et desséché qui nous faisait songer aux épices, et aux fleurs des jardins sarrasins.

Nous levions ainsi nos verres en l'honneur des amis anciens et lointains, et des pays d'ici-bas. Il est bien vrai qu'une angoisse nous saisit tous, lorsque les souffles de la mort s'élèvent. Nous mangeons et buvons alors en supputant le nombre des jours qu'il nous sera donné encore de passer à cette table. Car cette terre est belle.

Une pensée aussi nous tourmentait, familière à tous ceux qui construisent une œuvre de l'esprit. Nous avions consacré mainte année à l'étude des plantes, n'épargnant ni peine ni labeur. Bien volontiers aussi, nous avions sacrifié notre part d'héritage paternel. L'heure était venue pour nous de recueillir les premiers fruits. Puis il y avait les lettres, les écrits, les collections et les herbiers, le carnet des années de guerre et de voyage, et tout particulièrement les matériaux concernant le langage, que nous avions rassemblés pareils à mille petites pierres, et dont la mosaïque était déjà bien avancée. De ces manuscrits, nous n'avions rendu publique qu'une faible part, car frère Othon pensait que faire de la musique pour des sourds est un méchant métier. Nous vivions en des temps où l'auteur est condamné à la solitude. Et cependant, considérant l'état de choses, nous eussions aimé voir mainte page imprimée, non point en raison de la gloire qui compte tout autant que l'instant parmi les formes de l'illusion, mais parce que la chose imprimée porte le sceau de l'achevé et de l'immuable, dont l'aspect contente aussi le cœur du solitaire. Notre départ est plus aisé, lorsque tout est dans l'ordre.

Lorsque le sort de nos pages nous rendait ainsi anxieux, nous songions souvent à la souriante sérénité de Phyllobius. Notre existence à nous, mêlés au monde, était tout autre que la sienne. Il nous semblait par trop difficile de devoir nous séparer des œuvres où nous vivions, où plongeaient nos racines. Mais nous possédions, pour nous apaiser, le miroir de Nigromontanus dont la vue, lorsque nous étions dans ces sentiments, nous rassérénait toujours. Il provenait de l'héritage de mon vieux maître, et ses propriétés étaient telles, qu'il concentra les rayons solaires en un feu d'une puissance extrême. Les choses qu'on enflammait en les approchant de cette ardeur, regagnaient l'éternel d'une manière qui, selon Nigromontanus, n'était comparable qu'à la distillation la plus fine. Il avait appris cet art dans les cloîtres du lointain Orient, où les trésors des défunts sont détruits par la flamme afin qu'ils entrent avec eux dans l'éternel. Dans une pensée toute semblable, il disait que chaque chose qu'on enflammerait à l'aide de ce miroir serait mieux préservée au domaine invisible que derrière des portes cuirassées. Elle serait emmenée par une flamme qui ne montrait ni fumée ni vil rougeoiement dans le règne qui est au-delà de la destruction. Nigromontanus nommait cet état la sécurité dans le néant et nous résolûmes de l'évoquer lorsque l'heure de l'anéantissement serait venue.

Aussi le miroir avait-il pour nous la valeur d'une clé nous donnant l'accès des hautes demeures, et par de telles soirées, nous ouvrions avec précaution l'étui bleu qui le renfermait, pour réjouir nos yeux à son scintillement. À la lumière des cierges la limpidité de son disque de cristal de roche resplendissait alors dans l'anneau d'électron qui l'entourait. Sur cette monture, Nigromontanus avait gravé en runes solaires une sentence digne de son intrépidité :

Et dût la terre se briser comme un boulet,
Notre migration est flamme et blanche ardeur.

Au revers du miroir, on avait, égratignant le métal, inscrit en caractères minuscules dans l'écriture Pali les noms de trois veuves de rois qui lors de la cérémonie funéraire gravirent en chantant le bûcher, après que la main des brahmanes y eut mis le feu à l'aide de ce miroir. Près du miroir, il y avait aussi une petite lampe, taillée également dans le cristal de roche et qui portait le signe de Vesta. Elle avait mission de conserver en soi la force du feu pour qu'il fût présent aux heures où le soleil s'éloignait, ou dans les circonstances qui commandaient la promptitude. C'est à l'aide de cette lampe, et non point avec des flambeaux, que fut allumé le bûcher près d'Olympie, le jour où Peregrinus Proteus, qui fut ensuite nommé Phœnix, se précipita dans le brasier à la vue d'une foule immense, afin de rejoindre l'éther. Le monde ne connaît cet homme et son exploit qu'à travers la mensongère caricature de Lucien.

En toute arme excellente gît une vertu magique ; à son seul aspect, déjà nous sentons notre force s'accroître. Il en était ainsi pour nous du miroir de Nigromontanus ; son éclair nous disait que nous ne péririons point entièrement, il nous disait que le meilleur en nous était inaccessible aux puissances inférieures. Nos plus hautes énergies ont ainsi un asile où reposer, invulnérables, comme reposent les aigles dans le château de cristal des cieux.

Le Père Lampros, il est vrai, souriait, disant qu'il existait aussi des sarcophages pour l'esprit. L'heure de l'anéantissement au contraire devait être l'heure de la Vie. Ainsi pouvait parler un prêtre qui se sentait attiré par la mort comme par de lointaines cataractes où se suspendent les arcs-en-ciel dans le réseau des tourbillons. Mais nous étions, nous autres dans la plénitude de la vie, et sentions notre grand besoin de posséder ces signes que l'œil du corps lui aussi peut reconnaître.

XVII

Nous remarquâmes que les jours où l'ennui s'emparait de nous étaient aussi les jours de brume, où la contrée perdait son joyeux visage. Les vapeurs s'exhalaient alors des forêts comme de chaudrons maléfiques et flottaient en bancs épais sur la Campagna. Elles s'élevaient le long des falaises de marbre, et quand le jour venait, leurs fleuves paresseux descendaient la vallée, qui bientôt disparaissait, plongée dans la blancheur jusqu'aux pointes de ses clochers.

Par un tel temps, nous nous sentions frustrés du pouvoir de la vue, et flairions le malheur glissant dans le pays comme sous un épais manteau. Aussi faisions-nous bien de passer le jour à boire près de la lampe à la maison ; et cependant quelque chose nous poussait souvent à sortir. Non seulement il nous semblait que les vers à feu s'agitaient au-dehors et besognaient, mais c'était comme si le pays eût en même temps changé dans sa forme, comme si sa réalité se fût amoindrie. C'est pourquoi par les jours de brume également nous décidions souvent de partir pour des excursions, et visitions alors de préférence les grands pâturages. Et c'était toujours une herbe bien déterminée que nous nous proposions de trouver ; nous tentions, si je puis dire ainsi, de nous tenir fermement à l'œuvre admirable de

Linné, qui s'élève comme l'une des tours et vigies d'où l'esprit embrasse d'un seul regard les zones des sauvages végétations. En ce sens, telle plante minuscule que nous venions à cueillir nous dispensait souvent une grande lumière.

À cela s'ajoutait une chose encore, que je pourrais qualifier de honteuse, c'est que nous ne considérions point l'engeance des bois comme des adversaires. Nous étions, ainsi l'avions-nous résolu, des chasseurs de plantes et non point des hommes en guerre, et devions de fait éviter la basse méchanceté, comme on s'écarte des marécages et des bêtes sauvages. Nous n'accordions point au peuple des Lémures le libre arbitre. Jamais des puissances de cet ordre n'ont le droit de faire la loi, au point que nous en perdions de vue la vérité.

Par de tels jours, les marges des escaliers qui conduisaient sur les falaises de marbre étaient humides de brouillard, et des souffles froids y poussaient les traînées de vapeur. Bien que beaucoup de choses eussent changé dans les grands pâturages, leurs anciens sentiers nous demeuraient familiers. Ils passaient près des ruines de riches métairies, toutes pénétrées à présent d'une odeur de brasier refroidi. Nous apercevions dans les écuries en ruine les ossements blanchis du bétail où se voyaient les sabots et les cornes et la chaîne encore autour du cou. Dans les cours intérieures, le mobilier s'entassait tel que les vers à feu l'avaient laissé après l'avoir jeté par les fenêtres et mis au pillage. Le berceau brisé gisait entre la chaise et la table et les orties verdissaient alentour. Nous ne rencontrions que bien rarement des bandes de bergers dispersés ; ils conduisaient un bétail peu nombreux et chétif. Les cadavres pourrissant dans les prairies avaient répandu des épidémies et provoqué la grande mortalité des troupeaux. Il n'est personne à qui le déclin de l'ordre ne soit funeste. Après une heure de marche, nous arrivions à la ferme du vieux Belovar, la seule presque qui rappelât les temps anciens, car elle se dressait intacte et riche en bétail dans son cercle de vertes prairies. La raison en était, que Belovar était à la fois libre berger et chef de clan, et que depuis le début des troubles il avait défendu ses biens contre toute canaille errante de telle manière que depuis longtemps nul chasseur, nul ver à feu ne se risquait fût-ce de loin dans leurs parages. Et quant à ceux-ci, tout ce qu'il en avait pu abattre dans la campagne ou les sous-bois, il le mettait au nombre de ses bonnes œuvres, ne leur faisant point l'honneur d'une encoche nouvelle sur son poignard. Il veillait aussi, constamment, à ce que tout bétail périssant sur ses terres fût enfoui profondément et recouvert de chaux, afin que l'air empesté ne se répandît pas. Ainsi se faisait que pour se rendre chez lui on passât à travers de vastes troupeaux de bovins roux et tachetés, et que sa maison avec ses granges eussent conservé l'éclat d'une prospérité bien visible. Et les petits dieux aussi qui veillaient sur les limites nous offraient un accueil riant, luisant d'offrandes toujours nouvelles.

C'est ainsi que dans la guerre un fort avancé demeure parfois intact, alors que depuis longtemps la citadelle est tombée. La ferme du vieillard nous offrait de la sorte un point d'appui. Nous pouvions y refaire nos forces en toute sécurité et bavarder avec lui, cependant que Milina, sa jeune femme, préparait pour nous dans la cuisine du vin au safran et mettait sur le feu une poêle de gâteaux au beurre. Le vieillard avait aussi une mère, âgée presque de cent ans, et qui cependant allait et venait droite comme un cierge par la maison et les cours. Nous parlions volontiers avec l'aïeule, car elle savait les noms des herbes et connaissait les proverbes dont la force fait cailler le sang. Et nous la laissions nous palper de sa main, quand nous prenions congé afin de poursuivre notre chemin.

Le vieillard voulait le plus souvent nous accompagner, mais nous n'acceptions pas volontiers qu'il vînt avec nous. Il semblait que son voisinage attirât sur nous l'engeance des villages du sous-bois, comme on voit les chiens s'agiter quand le loup rôde dans les parages. Ce n'était pas pour déplaire au vieillard ; mais nous venions là dans d'autres intentions. Nous marchions sans armes, et sans serviteurs, et portions de légers manteaux d'un gris argenté, pour nous dérober plus complètement dans la brume. Nous allions d'une marche prudente et tâtonnante, nous dirigeant à travers les marais et les étendues de roseaux, vers les cornes et les marges de la forêt.

Quittant les pâturages, nous ne tardions pas à remarquer autour de nous les signes qui disaient l'approche de la violence et sa menace croissante. Les brouillards erraient par les taillis et les roseaux sifflaient au vent. Il n'était pas jusqu'au sol que nous foulions qui ne nous parût étrange et ignoré. Mais le plus inquiétant, c'était la déroute de notre mémoire. Le pays alors n'était plus qu'apparences trompeuses, il vacillait et devenait semblable aux campagnes qu'on voit dans les rêves. Des endroits subsistaient toujours que nous reconnaissions avec certitude, mais tout auprès s'élargissaient, pareilles aux îles qui surgissent de la mer, des zones nouvelles, énigmatiques. Pour en établir la topographie juste et vraie, il nous fallait user de toutes nos forces. C'est pourquoi nous faisions sagement d'éviter les aventures dont le vieux Belovar était avide.

Telle était notre marche, et nous demeurions parfois plusieurs heures dans les marais et les champs de roseaux. Si je ne décris point les détails de ce labeur, la raison en est que nous nous occupions de choses qui sont au-delà du langage et se dérobent ainsi à l'emprise des mots. Chacun de nous cependant se souvient que son esprit qu'il fût absorbé dans le rêve ou dans la profonde pensée se dispersait en grands efforts dans des régions qu'il ne peut décrire. C'était comme s'il eût cherché son chemin à tâtons dans des labyrinthes, ou voulu voir les dessins dont un jeu d'illusions est fait. Et mainte fois il s'éveillait tout plein d'une vigueur étrange. C'est dans de tels instants qu'a lieu notre meilleur travail, et il nous semblait que dans le combat que nous menions, le langage ne fût point suffisant, mais que nous devions pénétrer jusque dans la profondeur du rêve pour affronter la menace.

En vérité, quand nous nous arrêtions solitaires parmi les marécages et les roseaux, l'entreprise nous apparaissait comme un jeu subtil où chaque coup en appelle un autre. Les brouillards s'élevaient en vapeurs plus denses, mais la force en nous semblait s'accroître aussi, qui sait imposer l'ordre.

XVIII

Dans aucune de ces marches, cependant, nous ne négligions les fleurs. Elles nous indiquaient la direction, comme la boussole montre le chemin à travers des mers inconnues. Il en était ainsi, durant ce jour où nous pénétrâmes à l'intérieur de la corne aux Tanneurs ; nous ne devions jamais, plus tard, nous en souvenir qu'avec horreur. Le matin, lorsque nous avions vu les brouillards sortir des forêts et déborder jusqu'aux falaises de marbre, nous avions résolu de partir en quête du sylvain rouge, et nous nous étions mis promptement en route, après le repas matinal préparé par Lampusa. Le sylvain rouge est une fleur qui croît isolément dans les forêts et les fourrés, et qu'on appelle rubra, du nom que Linné lui a donné pour la distinguer de deux espèces plus pâles ; mais on la rencontre plus rarement que ces dernières. Comme cette plante aime les endroits où les taillis sont moins épais, frère Othon pensait qu'il nous fallait de préférence la chercher près du Rouissage. Les bergers nommaient ainsi une coupe anciennement faite dans les bois et qui devait se trouver à l'endroit où la faucille de la corne Filler débouche de la lisière.

Nous étions à midi chez le vieux Belovar, mais, comme nous sentions que nous aurions besoin de toutes les forces de notre esprit, nous n'acceptâmes aucune nourriture. Nous passâmes nos manteaux gris d'argent, et comme l'aïeule nous avait touchés de sa main sans rencontrer de résistance, le vieillard nous laissa partir rassuré.

La limite de ses domaines franchie, les brumes nous entourèrent, courant en traînées folles qui noyaient chaque forme et nous eurent bientôt faire perdre toute trace de notre chemin. Nous errions ainsi en rond dans ces marais et les broussailles, parfois faisant halte entre des groupes de vieux saules, ou sur le bord des mares obscures où croissaient de grands joncs.

La solitude semblait ce jour-là s'animer davantage, car nous entendions des appels dans le brouillard et croyions reconnaître des silhouettes qui glissaient dans la brume et passaient tout près de nous, mais sans nous voir. Dans cette confusion, nous eussions à coup sûr manqué le chemin de la corne Filler, n'eût été la drosera que nous ne perdions pas de vue. Nous savions que cette menue plante était répandue dans la ceinture d'humidité qui cernait la forêt, et nous suivions, comme on suit le bord d'un tapis, le dessin de ses feuilles vertes et luisantes, semées d'un duvet rouge. Nous atteignîmes ainsi les trois grands peupliers qui, par temps clair, marquaient l'extrémité de la corne aux Tanneurs comme avec trois lances tournées vers le ciel. Partant de ce point, nous arrivâmes, en nous guidant le long de la courbe de la faucille, sur la lisière de la forêt, où nous pénétrâmes, dans la corne Filler à l'endroit où elle est le plus large.

Nous étant frayé un chemin à travers une épaisse bordure de prunelliers et de cornouillers, nous entrâmes sous la haute futaie, dans les profondeurs de laquelle jamais un coup de hache n'avait retenti. Les vieux fûts, qui faisaient l'orgueil du grand Forestier, se dressaient luisants d'humidité, pareils à des colonnes dont le brouillard eût dérobé les chapiteaux. Nous avancions parmi eux comme à travers d'immenses vestibules, et semblables à l'accessoire des féeries sur une scène, les guirlandes du lierre et les clématites en fleur, descendues de l'invisible pendaient au-dessus de nos têtes. Le sol était couvert d'une épaisse couche d'humus et de branchages pourris et sur cette croûte étaient venus en grand nombre des champignons d'un rouge enflammé, si bien que nous songions aux plongeurs qui errent parmi des jardins de coraux. Aux endroits où l'un des fûts géants avait été jeté à terre par la vieillesse ou par un éclair, nous entrions dans de brèves clairières que les digitales peuplaient de leurs touffes serrées. Les belladones foisonnaient aussi sur le sol pourri, balançant à leurs rameaux les calices de leurs fleurs d'un violet sombre, ainsi que des clochettes funèbres. L'air était tranquille et pesant, mais nous fîmes partir plusieurs oiseaux. Nous entendîmes aussi le cri léger que pousse le coq de bruyère traversant les mélèzes, ainsi que les appels inquiets dont la grive effarouchée coupe son chant. Le torcol disparaissait dans le tronc creux des vernes en lançant son cri moqueur, et dans les couronnes des chênes les merles dorés accompagnaient notre marche de leurs éclats de rire fantasques. Nous entendions aussi dans le lointain les ramiers ivres roucouler et le martèlement des pics sur le bois mort.

Nous avançâmes ainsi lentement le long d'une colline peu élevée, lorsque frère Othon, qui me précédait de peu, me cria que la clairière était toute proche. Ce fut à cet instant que je vis luire dans la pénombre le sylvain rouge, le but de notre course, et je m'en approchai, pressant joyeusement le pas. Cette petite fleur était semblable à un oiseau minuscule, niché sous le secret feuillage des hêtres aux tons cuivrés qui le couvraient de leur mystère. J'apercevais les minces feuilles de la corolle pourprée avec la pâle pointe du pétale formé comme une lèvre qui la distingue. Le chercheur, devant qui surgit ainsi une plante infime ou un animal, se sent envahi par un grand bonheur, comme si la nature venait de l'enrichir d'un don précieux. J'avais coutume, quand j'avais fait de ces trouvailles, d'appeler frère Othon avant de porter la main sur elles, afin qu'il partageât ma joie, mais alors que je le cherchais du regard, j'entendis un gémissement qui me remplit d'effroi. Ainsi s'échappe le souffle que pousse lentement la poitrine, après les blessures qui nous atteignent profondément. Je vis frère Othon immobile et comme fasciné à peu de distance devant moi, sur le sommet de la colline, et comme je me hâtais pour le rejoindre, il éleva la main, guidant mon regard. Je sentis alors mon cœur saisi comme par des griffes, car devant moi s'étalait le champ de l'oppression dans toute son ignominie.

XIX

Nous nous tenions derrière un petit buisson qui portait des baies d'un rouge ardent et regardions à l'intérieur de la clairière du Rouissage. Le temps avait changé, car des traînées de brume qui nous avaient accompagnés depuis les falaises de marbre, aucune trace ici n'était plus visible. Les choses au contraire apparaissaient parfaitement nettes, comme au centre d'un tourbillon dans l'air immobile et silencieux. Et les voix des oiseaux s'étaient également tues. Seul un coucou lançait çà et là sa note sur la sombre lisière du bois, selon l'usage de son espèce. Tantôt proche, tantôt lointain, nous entendions son éclat moqueur et interrogateur, mesuré d'abord puis se précipitant soudain triomphalement, et faisant courir comme un frisson dans notre sang.

La clairière était couverte d'une herbe desséchée, qui vers le fond seulement cédait la place aux chardons griffus qu'on trouve parmi les décombres. Sur toute cette aridité se détachaient avec une étrange fraîcheur deux gros buissons que d'abord nous prîmes pour des lauriers, mais les feuilles en étaient semées de taches jaunâtres comme on en voit sur les tables des bouchers. Ces deux buissons poussaient de part et d'autre d'une ancienne grange qui se dressait grande ouverte sur la clairière. La lumière qui l'éclairait n'était pas celle du grand soleil, mais, brûlante et sans ombre, elle détachait très nettement les lignes du bâtiment blanchi à la chaux. Les murs étaient divisés en compartiments par des poutres noires qui reposaient sur trois pieds et au-dessus d'eux s'élevait en pointe un toit de bardeaux gris. Contre ces murs, il y avait aussi des pieux et des crochets appuyés.

Au-dessus de l'entrée béante et sombre, un crâne était cloué dans le triangle du pignon ; il découvrait ses dents et dans la lumière son ricanement livide semblait convier à passer le seuil. Comme une chaîne aboutit au joyau, une étroite frise ornant le pignon se refermait sur lui, qui semblait comme formée d'araignées brunes. Mais nous devinâmes vite que c'étaient là des mains humaines fixées à la paroi. La chose était si nette que nous distinguions la petite cheville passée à travers la paume de chacune d'elles.

Contre les arbres aussi, qui bordaient la clairière, les têtes de mort blanchissaient, dont plus d'une, ses orbites déjà pleines de mousse, semblait nous observer avec un noir sourire. Tout était silencieux, hormis la folle danse du coucou promenant son chant autour de ce lieu où blanchissaient les crânes. J'entendis frère Othon murmurer, comme à demi plongé dans un rêve : « Oui, c'est Köppels-Bleek. »

L'intérieur de la grange n'était presque qu'obscurité, et nous ne pouvions apercevoir, tout près de l'entrée, qu'une table d'équarrisseur sur laquelle une peau était étalée. Par-derrière, se détachaient encore sur le fond de ténèbres des masses pâles et comme spongieuses. Nous voyions voler vers elles dans la grange des essaims de mouches gris d'acier ou couleur d'or comme en un rucher. Puis l'ombre d'un grand oiseau tomba sur la clairière. C'était celle d'un vautour qui, écartant ses ailes hérissées, s'abattait sur le champ de cardères. Ce ne fut que lorsque nous le vîmes fouiller lentement la terre remuée, enfonçant son bec jusqu'au cou rougeâtre, que nous reconnûmes qu'il y avait là un petit personnage en train de travailler avec une pioche, et que l'oiseau accompagnait son travail comme le corbeau suit la charrue.

Le petit personnage posa là sa pioche, et sifflant un refrain, se dirigea vers la grange. Il était vêtu d'un justaucorps gris, et nous le vîmes qui se frottait les mains comme après une bonne besogne. Lorsqu'il fut dans la grange, nous entendîmes frapper et racler sur la table d'équarrissage, et le refrain sifflоté sans cesse accompagnait ces bruits avec sa funèbre gaieté. Puis nous entendîmes, comme s'il voulait l'accompagner, le vent s'agiter dans la futaie, éveillant le cliquetis des crânes blanchis qui heurtaient ensemble les arbres. Et dans son souffle se mêlaient aussi le choc des crochets et le froissement des mains desséchées contre le mur du hangar. Ce bruit d'os et de bois heurté faisait songer à quelque jeu de marionnettes dans le royaume des morts. En même temps arrivait dans le vent un souffle de décomposition pénétrant, pesant et douceâtre, qui nous fit frissonner jusqu'à la moelle. Nous sentîmes alors au fond de notre être sur la plus grave, la plus profonde corde répondre la mélodie de la vie.

Nous n'aurions su dire, plus tard, combien de temps nous avions contemplé cette chose d'un autre monde — un instant seulement, peut-être. Puis, comme éveillés soudain, nous nous prîmes les mains, et d'un bond nous rentrâmes dans la haute futaie de la corne Filler, poursuivis par l'appel moqueur du coucou. Nous connaissions à présent la cuisine maléfique d'où venaient les brouillards se traînant sur la Marina ; puisque nous nous obstinions, le vieux nous l'avait montrée avec un peu plus de netteté. Telles sont les caves au-dessus desquelles s'élèvent les fiers châteaux de la tyrannie et c'est au-dessus d'elles que nous voyons monter l'encens de leurs fêtes : puantes cavernes d'un genre sinistre, où de toute éternité l'engeance réprouvée se délecte lugubrement à souiller la liberté et la dignité humaines. Alors se taisent les muses, et la vérité commence à vaciller comme un fanal dans un souffle mauvais. On voit les faibles déjà céder, quand les premiers brouillards à peine s'élèvent, mais la caste des guerriers elle-même est prise d'hésitation, lorsqu'elle voit le peuple des larves monter des profondeurs à l'assaut de ses bastions, tant il est vrai qu'en ce monde le courage guerrier n'est guère que de second rang et les plus grands seulement d'entre nous pénètrent jusqu'au foyer même de l'épouvante. Ils savent que toutes ces images ne vivent que dans notre cœur, et s'avancent parmi elles, comme parmi des reflets sans substance, vers de fières portes triomphales. Ils sont ainsi, grâce à ces larves, confirmés magnifiquement dans leur propre réalité.

Mais la danse des morts à Köppels-Bleek nous avait pénétrés d'effroi, et nous frissonnions, immobiles dans la forêt profonde, écoutant l'appel du coucou. Mais la honte nous vint au cœur, et ce fut frère Othon qui exigea que nous retournions vers la clairière parce que nous n'avions point porté le sylvain rouge sur notre livre de trouvailles. Nous avions coutume en effet de noter en un journal toutes les plantes que nous trouvions, sur le lieu même et à l'heure de la découverte, sachant par expérience que le souvenir laissait échapper maintes choses. Ainsi sommes-nous en droit de dire que notre petite flore de la Marina s'est formée à même les champs.

Une fois encore, sans nous tourner à l'appel du coucou, nous nous frayâmes un chemin jusqu'à la colline basse, et nous cherchâmes la petite plante parmi le feuillage. Après que nous l'eûmes à nouveau bien considérée, frère Othon arracha du sol toute sa racine avec notre spatule. Puis nous mesurâmes la plante dans toutes ses parties à l'aide du compas, et nous inscrivîmes dans notre livret, avec la date, les particularités de l'endroit où nous avions fait la découverte. Nous autres hommes, quand nous œuvrons ainsi dans les métiers qui nous sont assignés, nous ne faisons qu'accomplir une fonction, et cependant il est étrange de voir quel sentiment accru de notre invulnérabilité s'empare alors de nous. Nous avions déjà fait cette expérience durant les campagnes, où le guerrier, quand le voisinage de la mort menace d'entamer son courage, s'applique avec bonheur aux tâches prescrites par son état. Il en était ainsi de la science ; que de fois nous y avions puisé réconfort ! Le regard qui se pose sur les choses, pleinement conscient et sans rien de bas qui l'obscurcisse, est la source d'une grande force. Il se nourrit de la création à sa manière, et c'est en cela uniquement que gît la puissance de la science. Nous sentîmes ce jour-là combien la simple fleur éphémère, dans sa forme et dans sa structure, qui ne passent point, nous donnait de force pour résister au souffle de la décomposition.

Lorsque ensuite nous rejoignîmes, à travers la haute futaie, la lisière de la forêt, le soleil se montrait, ainsi qu'il fait durant les jours de brume, peu d'instants avant son coucher. Les couronnes ruinées des arbres géants se coloraient d'un éclat doré, et la lumière qui brillait sur les mousses que nous foulions était d'or également. Les appels du coucou s'étaient tus depuis longtemps, mais dans les plus hautes branches, sur l'extrême rameau desséché, les rossignols invisibles étaient montés, précieux chanteurs, dont la voix se mariait à l'humide fraîcheur des airs. Puis la nuit monta, baignant la terre d'une lueur verte, comme venue des grottes. Les guirlandes pendantes du chèvrefeuille versaient leur profonde senteur, et les sphinx du soir s'élevèrent tout chatoyant vers les jaunes calices des fleurs. Nous les voyions qui se posaient doucement, frémissants et comme perdus dans un rêve voluptueux, sur la lèvre des calices allongés, puis, par la trompe étroite et légèrement courbe, ils se précipitaient tout vibrants vers les délices profondes.

Lorsque nous sortîmes de la corne aux Tanneurs auprès des trois peupliers, le mince croissant de la lune commençait à prendre une couleur d'or et les étoiles se montraient au firmament. Près de l'étang des joncs nous rencontrâmes le vieux Belovar qui, dans l'obscurité, était venu sur nos traces avec ses domestiques et ses piqueurs. Le vieux se mit à rire, lorsque ensuite, tout en buvant le vin safrané, nous lui montrâmes la fleur rouge récoltée près du Rouissage, mais nous gardâmes le silence, et le priâmes en le quittant de bien veiller sur sa belle ferme intacte.

XX

Il est des expériences qui nous contraignent à tout reviser de nouveau, et tel était pour nous le regard jeté dans la cabane d'équarrissage de Köppels-Bleek. Nous résolûmes en premier lieu de rendre visite au Père Lampros, mais la catastrophe devait fondre sur nous avant que nous fussions allés au cloître de la Falcifera.

Le jour qui suivit, nous rangeâmes longuement nos feuillets manuscrits dans l'herbier et dans la bibliothèque. Puis, comme l'obscurité montait, je m'assis un instant encore dans le jardin sur le rebord de la terrasse pour goûter le parfum des fleurs. Les plates-bandes étaient baignées de la chaleur du soleil, mais déjà la première fraîcheur montait des herbages des rives, abattant l'odeur de la poussière. Puis les parfums des fleurs qu'on appelle lunaires, et des onagres aux claires corolles, descendirent comme le flot d'une source le long des falaises de marbre, vers le jardin de la cellule aux buissons blancs. Et, comme il est des parfums qui tombent et d'autres qui s'envolent, à travers les ondes paresseuses, un arôme plus léger et plus subtil perçait.

Je suivis sa trace, et je vis dans la pénombre que le grand lis doré de Cipango s'était ouvert. Il faisait assez clair encore pour deviner le flot d'or ardent, et aussi les tavelures brunes qui mettaient sur le calice blanc leurs marques magnifiques. Dans sa claire cavité, le pistil se dressait tel le battant dans la cloche, et tout autour s'ordonnaient en un cercle les six minces étamines, couvertes d'une poudre brune semblable à la plus fine quintessence de l'opium, et que les grands papillons n'avaient pas encore effleurées, si bien qu'au milieu d'elles le disque délicat luisait encore. Je me penchai sur elles, et je vis que leurs filaments tremblaient comme un délicat instrument mû par la nature : carillon qui, au lieu de notes, laissait ruisseler la subtile essence muscatée. Qu'une telle puissance d'expansion amoureuse anime ces tendres créations de la vie, il y a là motif à s'émerveiller éternellement.

Tandis que je contemplais ainsi les lis, un léger rai de lumière bleue brilla dans le bas sur le chemin des vignes et s'éleva comme à tâtons cherchant sa route à travers le vignoble. Puis j'entendis en bas une voiture qui s'arrêtait devant l'entrée de l'Ermitage. Bien qu'aucun hôte ne fût attendu, je descendis en hâte vers la porte à cause des vipères fer de lance, et là je vis, arrêtée, une puissante voiture bourdonnant doucement comme un insecte qui vibre presque imperceptiblement. Elle portait les couleurs dont la noblesse de la Nouvelle Burgondie s'est réservé le privilège, et devant elle se tenaient deux hommes dont l'un fit le signe auquel les Maurétaniens se reconnaissent dans l'obscurité. Il me dit son nom, Braquemart, dont j'avais gardé souvenir, puis me présenta à son compagnon, le jeune prince de Sunmyra, altesse issue d'une famille de Nouvelle Burgondie.

Je les priai d'entrer dans l'Ermitage, et leur pris la main pour les guider. Tous trois nous gravîmes ainsi dans la pénombre du soir le sentier aux serpents, et je remarquai que le prince prêtait à peine attention à ces bêtes, cependant que Braquemart les évitait en souriant, mais avec grand soin.

Nous entrâmes dans la bibliothèque, où nous rencontrâmes frère Othon, et tandis que Lampusa nous servait le vin et les gâteaux, nous engageâmes la conversation avec nos hôtes. Nous connaissions Braquemart de longue date, mais nos rencontres avaient toujours été brèves, car il était fréquemment en voyage. Il était petit, maigre, de complexion sombre, et nous le trouvions d'une étoffe un peu grossière, quoique non dépourvu d'esprit, comme tous les Maurétaniens. Il comptait parmi ceux que nous nous plaisions à nommer les chasseurs de tigres, parce qu'on les rencontrait mêlés le plus souvent à des aventures d'un caractère exotique. Il marchait au danger comme on gravit par jeu les massifs pleins de crevasses ; il avait en haine les plaines. Il possédait une âme énergique ; et de l'espèce que les obstacles ne rebutent point ; mais à cette vertu malheureusement il joignait le mépris. Comme tous les fanatiques de la puissance et de la domination, ses rêves sans frein l'égaraient dans les royaumes de l'utopie. Il était d'avis que depuis les origines il existe sur terre deux races, les maîtres et les esclaves, et qu'au cours des âges un confus mélange s'est produit. Il se montrait à cet égard disciple du vieux Boutefeu et exigeait à son exemple la nouvelle séparation. À l'exemple aussi de ce grossier théoricien, il se nourrissait de ce que la science offre de moins *intemporel*, et pratiquait en particulier l'archéologie. Il n'avait pas assez de finesse pour sentir que notre bêche exhume infailliblement tout ce que déjà notre esprit avait trouvé et, semblable à plus d'un chercheur avant lui, il avait découvert ainsi le foyer primitif de l'espèce humaine. Nous étions présents à la séance où il nous informa de ses fouilles, et apprîmes qu'il avait fait la découverte dans un désert lointain d'une étrange contrée aux formes tabulaires. Là, dans l'immense plaine, s'élevaient de hauts socles de porphyre, qui avaient été épargnés par l'érosion, et se dressaient tels des bastions ou des îles rocheuses sur les couches inférieures. Braquemart avait fait leur ascension et sur ces plateaux surélevés il avait découvert les ruines de demeures royales et de temples solaires qui relevaient selon lui d'une époque infiniment reculée. Après qu'il eut indiqué leurs proportions et leurs caractères, il fit passer devant nos yeux l'image ressuscitée de ce pays. Il nous montra les gras pâturages verts où, si loin que le regard s'étendît, les bergers et les laboureurs vivaient avec leurs troupeaux et au-dessus d'eux tous, sur les blocs de porphyre, dans une splendeur pourpre, les nids d'aigles, des dominateurs primitifs. Il fit aussi descendre sur le fleuve depuis longtemps desséché les navires au pont couleur de pourpre ; nous voyions les centaines de rames qui, d'un mouvement régulier semblable à celui des insectes, plongeaient dans l'eau, nous entendions le son des cymbales et les coups de fouet aussi tombant sur le dos des malheureux esclaves des galères. Ces images convenaient à Braquemart. Il appartenait à l'espèce des rêveurs concrets, qui est très dangereuse.

Le prince nous paraissait distrait et lointain, mais de tout autre manière. À peine devait-il avoir passé la vingtième année, mais la sévère et douloureuse expression qui nous frappa en lui formait un étrange contraste avec son âge. Bien qu'il fût d'une taille élevée, il se tenait profondément courbé, comme si sa haute stature eût été pour lui une gêne. À peine semblait-il entendre notre délibération. J'avais l'impression qu'en lui s'unissaient l'extrême vieillesse et la prime jeunesse — la vieillesse de la race et la jeunesse de la personne. La décadence était ainsi profondément empreinte dans tout son être. On remarquait en lui le trait de la grandeur héréditaire, et ce trait contraire aussi que la terre imprime sur tout héritage — car l'héritage est la richesse des morts.

Je n'étais pas surpris que dans cette dernière phase de la lutte pour la Marina, la noblesse fît son apparition, car c'est dans les cœurs nobles que la souffrance du peuple trouve son écho le plus puissant. Quand le sentiment du droit et du bien s'évanouit, quand l'épouvante trouble les sens, alors les forces de l'homme de la rue sont bientôt taries. Mais chez la vieille aristocratie le sens de ce qui est vrai et légitime demeure vivant et c'est d'elle que sortent les nouveaux rejetons de l'esprit d'équité. Il n'est pas d'autre raison à la prééminence accordée chez tous les peuples au sang noble.

Mais j'avais cru qu'un jour surgiraient, sortis des châteaux et des hautes demeures, des hommes armés qui seraient les chefs chevaleresques dans la lutte pour la liberté. Au lieu d'eux, je voyais ce vieillard prématuré, qui lui-même avait besoin d'un appui, et dont l'aspect m'éclairait pleinement sur le degré de décadence où nous étions déjà tombés. Et c'était cependant chose admirable, que ce rêveur plein de lassitude se sentît appelé à être un protecteur — ainsi voit-on les plus faibles et les plus purs assumer en ce monde les tâches d'airain.

Auprès de la porte, avant même que nous montions, j'avais pressenti les raisons qui faisaient venir à nous ces deux hommes avec leurs lanternes sourdes, et frère Othon semblait également le savoir, avant même qu'un mot eût été échangé. Braquemart nous pria de lui donner une description de l'état de choses, ce que fit frère Othon, sans omettre aucun détail. À la manière dont Braquemart l'écouta, on sentait qu'il était remarquablement informé sur toutes les forces en présence. Il s'était déjà entretenu avec Biedenhorn, seul le Père Lampros lui était inconnu.

Le prince demeurait par contre dans la même attitude de rêverie accablée. Même l'évocation du Rouissage, qui mit Braquemart de bonne humeur sembla glisser sur son esprit ; il ne sursauta et n'eut un geste de fureur que lorsqu'il entendit parler de la profanation de l'eburnum. Puis frère Othon laissa entrevoir, en des formules très générales, l'opinion que nous avions des événements, et la conduite qu'il nous semblait que nous devions tenir. Braquemart certes nous écoutait courtoisement, mais avec une ironie mal dissimulée. On lisait clairement dans ses yeux que nous n'étions pour lui que des songe-creux, sans vigueur, et que son jugement était déjà tout arrêté. Il est ainsi des situations où chacun tient son prochain pour un rêveur.

Il peut sembler étrange que dans ce conflit Braquemart voulût s'opposer au Vieux, alors que leurs pensées et leurs actions présentaient tant de points communs. Mais c'est une erreur où notre esprit tombe souvent, que de conclure, de l'identité des méthodes à l'identité des buts et à l'unité de la volonté qui se cache derrière eux. Leurs volontés différaient en ceci, que le Vieux entendait peupler la Marina de bêtes sauvages, tandis que Braquemart la considérait comme une terre destinée à fournir les esclaves et les armées d'esclaves. Il s'agissait ici dans le fond d'un des conflits intérieurs existant parmi les Maurétaniens, et qu'il ne peut être question d'expliquer ici dans ses détails. Qu'il suffise d'indiquer qu'entre le nihilisme amené à sa perfection, et l'anarchie sans frein, l'opposition est profonde. Il s'agit de savoir, dans ce combat, ce que le séjour des hommes doit devenir, un désert ou une forêt vierge.

En ce qui concerne Braquemart, il était profondément marqué de tous les traits du nihilisme finissant. L'intelligence froide et sans racine ainsi que le penchant à l'utopie étaient entrés dans sa nature. La vie était à ses yeux comme aux yeux de tous ses pareils, une mécanique d'horlogerie, et il considérait la violence et la terreur comme les roues motrices de l'horloge de la vie. En même temps, il se berçait de l'idée d'une nature seconde, obtenue par l'artifice et s'enivrait du parfum des fleurs imitées, ainsi que des jouissances d'une sensualité préméditée par l'intelligence. La création dans son cœur était morte, et il l'avait reconstruite comme on fait d'un jouet. C'étaient les fleurs du givre qui s'épanouissaient sous son front. Lorsqu'on le voyait, on songeait irrésistiblement à la profonde parole de son maître : le désert s'accroît, malheur à celui qui porte en soi des déserts !

Et cependant nous n'étions pas sans une certaine sympathie pour Braquemart, qui n'était point due principalement à ce qu'il eût du courage, car dans la mesure où l'homme se rapproche du minéral, le mérite aussi s'amoindrit, qui vient d'être sans peur. Ce qui nous attachait dans son être, c'était plutôt une subtile souffrance, l'amertume de l'homme dont le bonheur est perdu. Aussi entendait-il se venger sur le monde, comme un enfant dans sa vaine fureur détruit le parterre aux mille fleurs. Et lui-même il ne s'épargnait point, pénétrant avec une froide audace dans les labyrinthes de l'épouvante. Ainsi recherchons-nous, lorsqu'en nous le sens de la patrie s'est perdu, les mondes lointains que nous ouvre l'aventure.

Il voulait que sa pensée se dessinât d'après le réel, et c'était un principe chez lui que l'idée doit pouvoir montrer bec et ongles. Mais ses théories étaient pareilles à quelque produit de distillation qui n'eût point recueilli la véritable force vitale ; il leur manquait le précieux ingrédient, l'exquis superflu sans lequel aucune nourriture n'a de goût. L'aridité désolait ses projets, bien qu'on n'y pût découvrir aucune erreur de logique. Ainsi s'évanouit par une fêlure invisible la beauté même du son de la cloche. Cela tenait à ce que chez lui la puissance s'exprimait trop par la pensée, et point suffisamment par la grandeur, par la désinvolture innée. Le grand Forestier, sous ce rapport, lui était supérieur pour qui le pouvoir était comme une bonne vieille veste de chasse d'autant plus confortable qu'elle a plus souvent été trempée de boue et de sang. Et c'est pourquoi j'avais l'impression que Braquemart était sur le point de s'engager dans une bien méchante aventure, car en de telles rencontres les théoriciens ont toujours été vaincus par les praticiens.

Il est probable que Braquemart avait le sentiment de sa faiblesse vis-à-vis du Vieux, et qu'il s'était pour cette raison fait accompagner du jeune prince. Il nous semblait cependant que celui-ci vivait dans un monde tout différent, mais on voit souvent se former des alliances bien singulières. Peut-être était-ce le prince qui se servait de Braquemart comme on se sert d'une barque pour une traversée. Dans ce faible corps vivait une puissante tendance à la souffrance, et comme en rêve, presque sans pensée, mais sans jamais errer elle maintenait la direction. Ainsi, quand sur le champ de bataille la trompette appelle à l'assaut, les bons guerriers dans leur agonie s'arrachent encore au sol où ils gisent.

Plus tard, frère Othon et moi, nous songeâmes souvent à cette conversation, à laquelle présidait une étoile funeste. Le prince ne dit que quelques mots, et Braquemart déploya l'ombrageuse supériorité à quoi l'on reconnaît le technicien. On sentait qu'il s'amusait à part soi de nos hésitations, et n'ayant pas voulu perdre un mot à nous expliquer ses plans, il nous interrogea sur la situation dans les forêts et dans les grands pâturages. Il se renseigna curieusement aussi sur les aventures et la fin de l'Adepte Fortunio. Nous vîmes à ses questions qu'il avait l'intention de pousser de ce côté ses recherches et aussi son action et pressentîmes qu'il ne ferait qu'aggraver le mal comme un mauvais médecin. Car enfin ce n'était pas le hasard ni quelque aventure qui commençait à faire surgir de la nuit des bois le Vieux avec son peuple de Lémures, déployant leur activité. Autrefois, on réglait son compte à cette engeance comme à de simples filous, et l'assurance qu'elle avait prise était le signe de profonds changements dans l'ordre dans la santé, dans la fortune profonde du peuple. Il s'agissait dans ces conditions d'intervenir efficacement, et c'est pourquoi le besoin se faisait sentir d'ordonnateurs et de nouveaux théologiens aptes à voir clairement le mal depuis ses apparences extérieures jusqu'à ses racines les plus déliées ; alors seulement viendrait l'heure de frapper avec l'épée sacrée, qui fend l'obscurité comme un éclair. Aussi chaque homme avait-il le devoir de former une idée plus nette et plus forte que jamais du lien qui l'unissait à tous les autres, et de travailler à rassembler un nouveau trésor de légitimité. N'est-il pas nécessaire déjà de s'imposer une discipline particulière, si l'on veut fournir l'effort des athlètes si bref soit-il ? Or il s'agissait ici de la vie la plus haute, de la liberté et de la dignité mêmes de l'homme. Braquemart, à vrai dire, qui entendait rendre au vieux la monnaie de sa pièce, tenait de tels plans pour pures balivernes.

Il avait perdu le respect de soi-même et c'est là le commencement de tout malheur parmi les hommes.

Nous discutâmes ainsi longuement. Si les paroles ne nous apportaient pas d'entente, bien des choses par contre s'éclairèrent dans le silence. Avant la décision, les esprits se rencontrent comme les médecins au chevet du malade. L'un voudrait qu'on recoure à la lame, l'autre souhaite épargner le malade, et le troisième songe à des remèdes particuliers. Mais qu'est-ce que le conseil et la volonté des hommes, quand la perte dans les astres est déjà tout écrite ? Les chefs cependant délibèrent aussi à la veille des batailles perdues.

Le prince et Braquemart avaient l'intention, durant cette même nuit, de visiter encore les grands pâturages, et comme ils se refusaient à ce que nous les guidions ou les accompagnions, nous leur recommandâmes le vieux Belovar. Puis nous les reconduisîmes jusqu'aux escaliers des falaises de marbre. Nous prîmes congé d'eux selon toutes les formes, ainsi qu'il convient de le faire lorsque la rencontre s'est déroulée sans chaleur et sans profit. À ces adieux cependant, se rattache le souvenir d'une scène muette qui me déconcerta. Les deux hommes s'étaient arrêtés sur les falaises dans le premier crépuscule, et gardant un profond silence ils nous observèrent longuement. Déjà montait la fraîcheur de l'aube, où durant un bref instant l'œil voit les choses se déployer, comme en une naissance, comme à l'origine, pleines de nouveauté et de mystère. Ainsi voyions-nous le prince et Braquemart. Il me sembla que Braquemart avait abandonné son air d'ironie supérieure, et souriait enfin humainement. Le jeune prince par contre s'était redressé, et posait sur nous un regard serein, comme s'il possédait le mot de l'énigme qui nous occupait. Le silence dura longtemps, puis frère Othon saisit une fois encore la main du prince et s'inclina vers elle profondément.

Quand le bord des falaises de marbre eut dérobé les deux hommes à notre vue, je voulus revoir encore, avant de me coucher, le lis doré. Des ailes avaient déjà battu les fines étamines et la profondeur mordorée du calice était tachée d'une poussière pourpre. Sans doute avait-elle été répandue par les grands papillons de nuit dans leur vol nuptial.

Ainsi chaque heure nous verse-t-elle douceur et amertume mêlées. Et tandis que je me penchais vers les calices couverts de rosée, retentit au bord des forêts lointaines le premier appel du coucou.

XXI

Nous passâmes la matinée dans l'inquiétude, la voiture qu'ils avaient quittée stationnant toujours à notre porte. Au déjeuner, Lampusa nous remit un billet de Phyllobius ; nous vîmes ainsi qu'il avait connu la visite que nous avions eue. Il nous priait dans ce billet d'engager vivement le prince à se rendre au cloître ; le malheur avait voulu que Lampusa tarde à nous le remettre.

À midi survint le vieux Belovar, pour nous annoncer que le jeune prince avec Braquemart étaient apparus dans sa ferme au point du jour. Là, Braquemart, tout en étudiant un parchemin colorié, l'avait questionné sur différents endroits des forêts. Puis ils étaient repartis et le vieux avait envoyé sur leurs traces des guetteurs pris parmi les siens. Les deux hommes s'étaient enfoncés dans la forêt à l'endroit situé entre la corne aux Tanneurs et le bosquet du Taureau rouge.

Nous comprîmes à ces nouvelles qu'il fallait s'attendre à des choses funestes et nous eussions trouvé bien préférable que les deux hommes s'en allassent escortés des valets et des fils du vieillard, comme on le leur avait offert. Nous connaissions le principe de Braquemart, selon lequel nul n'en impose plus qu'un homme résolu qui se met seul en avant, et pour nous il était fort possible qu'ils rendissent visite au milieu de sa cour au vieux prince sanguinaire afin de l'affronter en personne. Mais alors ils tombaient dans les filets des puissances démoniaques et nous sentions que déjà l'oubli de Lampusa n'était pas sans rapport avec les fils qui menaient ces filets. Nous songions au destin de Fortunio, qui possédait cependant de grands dons et qui s'était longuement occupé des forêts avant de s'y enfoncer. Sans doute était-ce sa carte, qui après maints détours était venue en la possession de Braquemart. Nous avions longtemps cherché pour la trouver après la mort de Fortunio, et appris qu'elle était tombée entre les mains des chercheurs de trésors.

Ainsi, les deux hommes étaient entrés dans le danger sans préparation, et sans que rien de supérieur les guidât, tout comme on part pour l'aventure. Ils allaient pareils à des moitiés d'homme, ici Braquemart, le pur technicien de la force, qui ne voyait toujours que des fragments et jamais les racines des choses, et là le prince Sunmyra, noble esprit qui pénétrait l'ensemble et ses justes lois, mais ressemblait à un enfant s'aventurant dans des forêts où hurlent les loups. Il nous semblait pourtant que le Père Lampros eût pu les changer tous deux profondément et les réunir, comme il arrive dans les mystères. Nous lui fîmes part de la situation en un billet, et nous nous hâtâmes d'envoyer Erion au cloître de la Falcifera.

Depuis l'apparition du prince et de Braquemart dans notre demeure, nous nous sentions anxieux, mais nous avions des choses une vue plus nette qu'auparavant. Nous avions la sensation qu'elles approchaient de la crise suprême, et qu'il allait falloir nous jeter dans le tourbillon tels des nageurs cherchant l'étroit passage où se sauver. Nous estimions aussi que l'heure était venue de préparer le miroir de Nigromontanus, et nous voulûmes tirer de lui la flamme pendant que le soleil nous favorisait encore. Nous montâmes à la galerie et enflammâmes la lampe au feu du ciel, selon le rite, avec le disque de cristal. Nous vîmes avec une immense joie s'incliner la flamme bleue et nous enfermâmes le miroir et la lampe dans la niche, où se trouvent les lares.

Nous n'avions point fini de changer nos vêtements, lorsque Erion revint avec la réponse du moine. Il avait trouvé le père en prière, qui aussitôt, sans même avoir lu notre billet, lui avait remis une lettre. Ainsi remet-on des ordres qui depuis longtemps sont tenus tout prêts sous les sceaux.

Nous vîmes que le message était pour la première fois signé du nom de Lampros, et que ses armes y étaient jointes, avec la devise : « J'attends en paix. » Pour la première fois aussi il n'y était point question de plantes ; le père me priait, en peu de mots, d'aller à la recherche du prince et de veiller sur lui, et me demandait aussi de ne point partir sans être armé.

Il importait de s'équiper en hâte, et j'endossai, tout en échangeant avec frère Othon quelques mots rapides, la vieille et solide veste de chasse, à l'épreuve de toute ronce. À vrai dire, pour ce qui était des armes, nous étions mal fournis à l'Ermitage. Au-dessus de la cheminée pendait tout juste un de ces fusils dont on se sert pour la chasse au canard, mais muni d'un canon raccourci. Nous l'avions utilisé parfois dans nos voyages pour tirer sur des reptiles qui joignaient à la dureté de la vie l'épaisseur de la peau, et que le gros plomb abattait bien plus sûrement que le meilleur coup de carabine. Quand je la caressais du regard, ma mémoire évoquait ce souffle musqué dont le flot, à travers l'épaisseur des fourrés riverains, vient au-devant du chasseur qui s'approche des endroits où les grands caïmans sortent de l'eau. Pour les heures où la terre et l'eau se confondent dans la pénombre, nous avions mis sur le canon un grain d'argent. C'était là le seul outil dans notre demeure que nous pussions nommer une arme ; c'est pourquoi je la pris, et frère Othon m'accrocha le grand carnier de cuir, dont le rabat portait des nœuds coulants pour les oiseaux abattus ; cependant qu'au-dedans était cousue une ceinture contenant des cartouches.

Ainsi notre main saisit-elle hâtivement ce qui s'offre d'abord à elle ; et sans doute le Père Lampros m'avait-il conseillé de prendre une arme en signe surtout de liberté et d'hostilité, tout comme on vient avec des fleurs lorsque c'est d'un cœur ami. La bonne épée que j'avais portée chez les cavaliers pourpres était suspendue dans la maison paternelle, loin vers le Nord ; mais jamais je ne l'aurais choisie pour une telle expédition. Elle avait brillé au grand soleil dans les ardents combats de cavalerie où le sol résonne sous le sabot des chevaux, où la poitrine s'élargit glorieusement. Je l'avais tirée lorsque nous nous avancions d'un galop léger qui nous berçait, cependant que les armes cliquetaient, légèrement d'abord, puis plus fort, et que l'œil dans l'escadron ennemi choisissait déjà l'adversaire. Je lui avais fait confiance aussi à ces instants de combat singulier où l'on aperçoit, à travers la mêlée, la vaste plaine jonchée et mainte selle déjà vide. Plus d'un coup était tombé sur la garde des rapières franques et sur la poignée des sabres écossais — mais à d'autres aussi, le poignet avait senti la molle résistance de la chair nue où la lame s'enfonçait à même la vie. Mais tous ceux-là, et même les libres fils des races barbares, étaient des êtres nobles, offrant leur poitrine à l'acier pour la patrie ; et nous eussions pu dans un banquet lever notre verre à chacun d'eux comme on le fait pour des frères. Les vaillants de cette terre tracent dans le combat les frontières de la liberté ; et les armes qu'on a brandies contre de tels hommes, on ne peut s'en servir contre des bourreaux et des valets de bourreaux. Je vis, ce qui me sembla de bon augure, que l'enfant me regardait avec une joyeuse tranquillité. En hâte je pris congé de frère Othon ainsi que d'Erion. Puis je me mis en route accompagné du vieux berger.

XXII

Quand nous arrivâmes à la grande ferme dans les pâtures, le crépuscule tombait. De loin déjà nous reconnûmes que l'inquiétude y régnait ; la flamme des torches éclairait les étables, où mugissait le bétail qu'on ramenait précipitamment. Les bergers que nous rencontrâmes étaient armés, et ils nous apprirent que d'autres s'attardaient encore dans la Campagna, sur des prairies éloignées, où se trouvait du bétail qu'il fallait mettre à l'abri. Nous fûmes accueillis dans la ferme par Sombor le fils aîné du vieillard, géant au collier de barbe rousse et qui tenait à la main un fouet aux lanières duquel pendaient des boules de plomb. Il nous annonça que, vers le milieu du jour, les forêts avaient donné des signes d'agitation ; on avait vu s'élever de la fumée et entendu des rumeurs. Puis, surgis des buissons des marais autour de la corne aux Tanneurs, des bandes de vers à feu et des chasseurs étaient apparus, et avaient entraîné un troupeau qui se trouvait là-bas dans une pâture écartée. Sombor leur avait repris, dans le marais même, une partie de leur butin ; mais à en juger d'après les bandes de forestiers qu'il avait aperçues, il fallait s'attendre à quelque entreprise de leur part. Pendant ce temps, ses guetteurs avaient découvert en d'autres points, tels que le boqueteau du Taureau rouge, et jusque dans notre dos des groupes d'éclaireurs et des hommes isolés. Notre chance avait voulu que nous parvenions à la ferme, à l'instant même où nous allions être coupés d'elle.

Les choses en étant là, je ne pouvais guère compter que Belovar m'accompagnerait dans ma pointe à l'intérieur des forêts et je trouvais juste qu'il prît d'abord souci de son bien et des siens. Mais c'était mal connaître le vieux lutteur, et la ferveur dont il était capable pour des amis. Il jura aussitôt que maisons, étables et granges pouvaient brûler de fond en comble, il ne me quitterait pas d'un pas durant ce jour, et il remit à son fils Sombor le soin de la ferme. À ces mots, les femmes, qui déjà sortaient de la maison toutes les choses précieuses, touchèrent bien vite du bois et s'empressèrent autour de nous en gémissant. Puis s'approcha de nous l'aïeule, dont les mains nous tâtèrent des pieds à la tête. À mon épaule droite, ses doigts trouvèrent une résistance, mais qui s'effaça quand ils revinrent. Lorsqu'elle toucha par contre le front de son fils, une terreur la saisit et elle se voila le visage. Alors la jeune femme se jeta sur la poitrine du vieillard avec une plainte aiguë comme celles qu'on entend lors des lamentations funèbres.

Mais le vieillard était fermé aux larmes des femmes dès qu'il s'agissait de rencontrer l'ennemi et que déjà la première ivresse du combat lui montait à la tête. Écartant les bras, il se fraya un chemin comme le nageur divise les vagues et d'une voix éclatante il convia par leurs noms ses fils et ses serviteurs à la bataille. Il ne choisit parmi eux qu'un petit groupe d'éclaireurs, laissant tous les autres à son fils Sombor pour la défense de la ferme. Mais il ne prit que ceux qui déjà avaient tué leur homme dans les luttes de clans, et qu'il nommait ses petits coqs lorsqu'il était de bonne humeur. Ils vinrent avec des justaucorps et des capuchons de cuir et munis de tout l'armement hétéroclite qu'on tient en réserve depuis les temps des ancêtres dans les greniers des fermes des grands pâturages. L'éclat des torches nous montrait des hallebardes, des masses d'armes et de lourdes hampes portant des fers de hache bien tranchants ou des dards en dents de scie, et pêle-mêle aussi, des piques, des crocs pour les murailles et toutes sortes de crochets aiguisés. Le vieillard pensait avec tout cela nettoyer et balayer à cœur joie l'engeance des bois.

Puis les valets levèrent la porte des chenils où déjà les meutes se démenaient en hurlant, chiens courants efflanqués, lourds molosses, aux abois rauques ou clairs. Ils sortirent d'un trait, soufflant et grondant, ayant à leur tête le lourd limier Leontodon. Il bondit vers Belovar, et poussant des aboiements plaintifs lui posa les pattes de devant sur les épaules, bien que le vieillard fût un géant. Les valets leur donnèrent abondamment à boire et répandirent sur le pavé une écuelle de sang de boucherie qu'ils purent lécher. Ces deux meutes étaient l'orgueil du vieillard et si la crapule des villages forestiers s'était toujours durant ces dernières années tenue au large de son domaine, c'était à elles assurément qu'on le devait en grande partie. Il avait dressé pour la plus légère le rapide lévrier des steppes, auquel le libre Arabe cède la moitié de sa couche et dont sa femme laisse les petits boire à son sein. Sur le corps de ces lévriers, chaque trait de muscle était aussi visible que si quelque anatomiste les avait mis à nu, et le mouvement qui les habitait était si ardent que même lorsque les bêtes rêvaient, un frémissement continuel parcourait leur corps. De tous les coureurs de cette terre, seul le guépard pouvait les distancer, et cela sur un faible parcours seulement. Ils réduisaient la proie en lui coupant l'échine et lui maintenaient les épaules dans l'étau. Mais il y avait aussi parmi eux des quêteurs isolés qui saisissaient leur victime à la gorge et la maintenaient jusqu'à la venue du chasseur.

Pour sa meute lourde, le vieillard élevait le dogue molosse, bête splendide, d'un jaune clair rayé de noir. L'intrépidité particulière à cette race était encore accrue par un croisement avec le dogue du Tibet que les Romains lançaient dans leurs arènes contre les aurochs et les lions. Ce mélange avec l'autre sang était manifeste dans la grande taille, la fière allure, et la queue qu'ils portaient comme un drapeau. Presque tous ces chiens d'arrêt avaient sur leur peau de profondes cicatrices, souvenirs des coups de patte reçus durant les batailles avec les ours. L'ours géant, quand il sortait des bois pour s'aventurer dans les prairies, ne devait guère s'écarter des lisières de la forêt, car lorsque les chiens l'attaquaient et le cernaient, ces bêtes le déchiquetaient avant même que les chasseurs eussent le temps de lui porter le dernier coup. La cour intérieure était pleine de leurs bonds, de leurs grondements, de leurs efforts gloutons, et dans les gueules rouges nous voyions briller les effroyables mâchoires. Et là-dessus, le pétillement des torches, le cliquetis des armes et la plainte des femmes qui voletaient çà et là comme des pigeons effarouchés. C'était un tumulte bien fait pour plaire au vieillard, qui de la main droite caressait complaisamment sa barbe, cependant que sa main gauche faisait danser le large poignard dans la ceinture de drap rouge. Il portait aussi une lourde hache à double tranchant suspendue à son poignet par une courroie. Puis les valets, munis de moufles de cuir qui leur montaient jusqu'à l'épaule, se jetèrent sur les chiens et les couplèrent avec des colliers couleur corail. Nous franchîmes ainsi les portes, flambeaux éteints, et laissant derrière nous les dernières bornes des pâtures, nous marchâmes vers les forêts.

La lune s'était levée, et dans sa clarté je m'abandonnais aux pensées qui nous assaillent lorsque nous nous enfonçons dans l'incertain. En moi s'éveillaient les souvenirs de magnifiques heures matinales, où nous chevauchions à l'avant-garde de nos colonnes, tandis que derrière nous, dans la fraîcheur de l'aube, s'élevait le chant des jeunes cavaliers. Nous sentions alors notre cœur battre solennellement, et tous les trésors de la terre eussent pâli devant la joie qui nous attendait dans la glorieuse rigueur de l'action imminente. Oh ! quelle différence entre ces heures lointaines et cette nuit où, dans la pâle clarté, je voyais luire des armes pareilles aux griffes et aux boutoirs de quelque monstre. Nous nous enfoncions dans les forêts des Lémures qui sont sans droit et sans ordre humains, et chez qui nulle gloire ne se pouvait cueillir. Et j'éprouvais la vanité de tout éclat, de tout honneur, et une grande amertume m'emplissait.

C'était cependant une consolation pour moi de ne point être, comme la première fois, alors que je cherchais Fortunio, le jouet d'aventures magiques, mais le champion d'une juste cause, appelé à la lutte par la haute contrainte de l'esprit. Et je résolus de ne point m'abandonner à la crainte, non plus qu'à l'orgueil.

XXIII

Étant encore dans le voisinage de la métairie notre troupe se divisa et prit son ordre de marche.

Nous envoyâmes en avant des éclaireurs que les chiens courants escortaient, tandis que le gros de la troupe fermait la marche avec la meute lourde. La lune était si claire qu'on aurait pu lire à sa lumière, de sorte que tant que nous fûmes sur les prairies, il nous fut aisé de ne pas perdre de vue les groupes isolés. Nous apercevions aussi à notre gauche, pareils à des lances noires, les trois grands peupliers et devant nous la masse sombre de la corne aux Tanneurs, ce qui nous permettait de garder sans peine la direction. Nous marchions vers le creux de l'arc que fait la corne aux Tanneurs en se détachant de la haute futaie. J'avais ma place au côté du vieil homme des vendettas, près de la meute légère, et nous ne perdions point de vue la tête de notre troupe. Lorsqu'elle atteignit la ceinture d'aunes et de roseaux qui bordait le marécage, nous la vîmes hésiter, puis elle se jeta dans une trouée. À peine avait-elle disparu à nos regards, que nous entendîmes un claquement sinistre et sonore, comme celui de mâchoires d'acier, et un cri d'agonie. Les éclaireurs bondirent hors des taillis, refluant vers la rase campagne, et nous nous précipitâmes en avant pour les accueillir et apprendre d'eux ce qui s'était passé. Nous vîmes que la trouée par où les éclaireurs avaient pénétré était pleine jusqu'à hauteur de genou de genêts et de bruyères. La clarté de la lune l'inondait, et dans son milieu un sinistre spectacle s'offrait aux regards. Pareil à un gibier, l'un des jeunes valets était suspendu dans le lourd étrier de fer d'un piège.

Ses pieds touchaient à peine le sol, la tête et les bras, rejetés en arrière, pendaient sur la bruyère. Courant vers lui, nous reconnûmes qu'il avait été pris dans ce que le Vieux nommait ses attrape-nigauds, pièges pesants qu'il faisait dissimuler dans les sentiers fréquentés par les hommes. Le bord tranchant de l'étrier lui avait ouvert la poitrine, et un regard nous suffit pour comprendre qu'il était impossible de le sauver. Mais, unissant nos forces, nous tendîmes le ressort afin de libérer de l'étreinte son cadavre. Nous découvrîmes ainsi que l'étrier était armé, à la manière des mâchoires de squale, de dents aiguës en acier bleu. Après avoir couché le mort sur la bruyère, nous refermâmes prudemment la gueule béante.

Il était probable que des guetteurs surveillaient le piège, et nous entendîmes en effet, alors que nous étions encore immobiles, et silencieux autour de cette victime de l'arme ignoble, un frémissement dans les buissons, puis dans la nuit un rire éclatant et railleur. Alors une agitation courut dans le marécage, pareille à celle des corneilles qu'on trouble dans leur sommeil. On brisait des branchages, on rampait sur les graviers, et c'étaient des frôlements le long des fossés obscurs où le vieux dressait ses cabanes pour la chasse au canard. Le marais en même temps résonnait de sifflets et de voix rauques comme si tout un peuple de rats s'y fût déchaîné. Visiblement, la canaille s'enhardissait comme elle ose le faire dans la boue des ruisseaux et des bagnes, quand elle est sûre d'avoir le nombre pour elle. Et le fait est qu'elle semblait nous être bien supérieure car nous entendions les refrains impudents des corporations de gredins, tantôt près de nous tantôt plus loin. C'est ainsi que, à deux pas de nous, la bande de La Picousière menait son vacarme. Ils piétinaient dans le marais et coassaient comme des grenouilles :

Marguerite a le craque moisi,
Des seins pendants,
Des pieds de cochon,
La faridondaine.

Et dans les hautes touffes de genêt, parmi les roseaux, parmi les saules, des voix sonores leur donnaient la réplique. Dans cette confusion nous apercevions des feux follets verdâtres dansant sur les mares, et des oiseaux de marais s'élevaient d'un vol effarouché.

Cependant, le gros de la troupe avec la meute lourde était accouru à son tour, et nous remarquâmes que devant cette fantasmagorie les valets étaient tout près d'hésiter. C'est alors que le vieux Belovar éleva sa voix puissante :

« En avant, garçons, en avant ! Les canailles reculent. Mais attention aux pièges ! »

Et, sans se retourner, il reprit la marche en avant, faisant briller aux rayons de la lune le double tranchant de sa hache. Les valets alors le suivirent, brûlant de courir sus aux poseurs de pièges. Nous nous frayions un chemin par petits groupes à travers joncs et taillis, tout en explorant le terrain du mieux qu'il se pouvait. Nous cherchions ainsi les passages qui sont entre les étangs sur les sombres miroirs desquels luisaient les nymphéas, et nous nous glissions à travers les longs roseaux desséchés, dont les têtes noires éparpillaient une laine. Bientôt nous entendîmes les voix tout près de nous, et nous sentîmes passer à nos tempes le sifflement de projectiles. C'était le tour à présent des valets de meute ; ils excitaient les chiens, dont le poil se hérissait et dont les yeux flambaient comme charbons ardents. Puis on les lâcha, et gémissant de joie, ils filèrent comme de pâles flèches à travers les sous-bois.

Le vieillard ne s'était pas trompé en prédisant que la canaille ne se risquerait pas contre nous. À peine les chiens eurent-ils donné de la voix que nous entendîmes des cris plaintifs qui fuyaient et se perdaient dans le taillis, et derrière eux l'aboi de la meute qui partait sur leurs traces. Nous suivîmes au pas de charge et nous vîmes qu'au-delà du fourré s'étendait une petite tourbière où le sol était plat comme une aire. La canaille avait pris la fuite à travers ce terrain, et dans sa course pour la vie se ruait vers la proche futaie. Mais seuls pouvaient l'atteindre ceux auxquels les limiers ne s'attachaient pas. Nous en voyions beaucoup sur qui fondaient les chiens, et qui devaient faire face — et pareilles à de pâles flammes au royaume des damnés, les bêtes autour d'eux couraient et s'élançaient en bonds voraces. Çà et là aussi des fuyards étaient tombés, et gisaient par terre comme paralysés, car les limiers isolés les maintenaient en grondant par le cou.

À présent les valets découplaient la meute lourde, et les braques s'élancèrent en hurlant dans la nuit. Nous les vîmes, jetant à terre leur victime d'un seul bond, puis déchiquetant la proie qu'ils se disputaient entre eux. Les valets les suivaient, et donnaient le coup de grâce. Et comme dans l'Inferno, nulle pitié alors. Ils se penchèrent sur les corps étendus et jetèrent aux chiens leur part de chasse. Puis, au prix des plus grands efforts, ils enchaînèrent à nouveau les bêtes.

Nous nous tenions ainsi sur la tourbière comme au seuil même de l'immense forêt sombre. Le vieux Belovar était de bonne humeur ; il loua les valets et les chiens pour leur ouvrage et distribua de l'eau-de-vie. Puis il nous pressa d'avancer à nouveau, avant que la canaille en fuite n'eût alarmé la forêt, et il fit ouvrir une brèche à coups de hache dans l'épaisse haie qui formait la lisière. Nous n'étions pas loin de l'endroit par où nous avions pénétré, frère Othon et moi, pour chercher la fleur rouge et ce fut d'abord sur le Rouissage que nous dirigeâmes l'attaque.

La brèche fut bientôt large comme le porche d'une grange. Nous allumâmes les torches et entrâmes dans la haute futaie comme par une sombre gueule.

XXIV

Pareils à de rouges colonnes, les fûts des arbres luisaient à l'éclat des torches, dont les fumées s'élevaient en filets minces et verticaux qui, parvenus à une grande hauteur, se mêlaient pour former un dôme dans l'air immobile. Nous marchions sur un large front, qui tantôt se resserrait pour passer parmi les troncs abattus, tantôt se déployait. Mais grâce aux torches, nous ne nous perdions point de vue. Pour demeurer sûr de la piste, le vieillard avait emporté des sacs de craie, qu'il faisait jeter derrière nous, marquant clairement notre marche. Il veillait ainsi à ce qu'il nous fût toujours possible d'échapper.

Les chiens filaient dans la direction du Rouissage, eux que les émanations des lieux infernaux et des charniers attirent toujours. Guidés par eux, nous progressions rapidement et nous prîmes peu à peu les devants. Seul un oiseau, de temps à autre, battant lourdement des ailes, s'envolait de quelque nid caché dans les cimes. Et des vols de chauves-souris circulaient sans bruit dans la lueur des torches.

Bientôt je crus reconnaître la colline où se trouvait la clairière ; la hauteur était éclairée de l'immobile reflet d'un brasier. Nous fîmes halte, et de nouveau des voix nous parvinrent, mais qui n'étaient plus aussi fanfaronnes que dans la tourbière auparavant. Il semblait qu'en cet endroit des groupes de forestiers assurassent la défense des forêts, et Belovar se proposa de les balayer de la même manière que le peuple des gredins. Il fit mettre les limiers en avant, et sur une seule ligne, comme pour une course, puis il les lâcha dans la nuit, pareils à de clairs projectiles. Tandis qu'ils fonçaient dans les fourrés, nous entendîmes là-bas des coups de sifflet, puis un hurlement, comme si venait d'apparaître le chasseur sauvage lui-même, qui les accueillait. Ils avaient couru droit sur la meute de braques que le grand Forestier gardait dans ses chenils.

Sur ces bêtes terribles, sur leur fureur et leur force, Fortunio m'avait autrefois raconté des choses qui confinaient à la fable. En elles, le grand Forestier avait poursuivi le dressage du dogue de Cuba, qui est rouge de poil et porte un masque noir. Les Espagnols avaient en des temps reculés dressé ces dogues massifs à dévorer les Indiens, et les avaient exportés dans tous les pays où l'on trouvait des esclaves et ceux qui les gardent. C'est avec leur aide qu'on avait ramené sous le joug les Noirs de la Jamaïque, qui déjà par les armes avaient assuré la victoire à leur soulèvement. On dit que leur aspect est effroyable, car à peine les chasseurs d'esclaves étaient-ils débarqués avec leurs meutes, que les insurgés faisaient leur soumission, eux qui avaient méprisé le fer et le feu.

Le roi de la meute pourpre était Chiffon Rouge,

cher au grand Forestier, parce qu'il descendait en droite ligne du chien Becerillo, dont le nom est lié de manière tellement sinistre à la conquête de Cuba. On raconte que son maître, le capitaine Iago de Senazda, pour régaler les yeux de ses hôtes avait devant eux fait mettre en pièces par cette bête des Indiennes captives. Ainsi ne cessent de revenir, dans l'histoire humaine, des moments où elle menace de glisser au pur règne du démoniaque.

À ces effrayants appels, nous reconnûmes que notre meute légère était perdue avant même que nous ayons pu lui envoyer de l'aide. Elle devait être d'autant plus rapidement anéantie, qu'elle était de la race pure, qui combat jusqu'à la mort au lieu de reculer. Nous entendîmes les chiens rouges, après qu'ils eurent aboyé, happer pour la morsure, et tandis que le pelage et la chair où ils s'enfonçaient gloutonnement étouffaient leur hurlement, le clair appel des lévriers mourait aussi dans un gémissement.

Le vieux Belovar, qui voyait ses nobles bêtes sacrifiées en un clin d'œil, commença alors à gronder et à maudire, et cependant il ne pouvait se risquer à jeter après elles les molosses, car ceux-ci étaient désormais notre plus forte carte dans une partie fort incertaine. Aussi cria-t-il aux valets de bien s'apprêter, et ils frottèrent la poitrine et les babines des vastes bêtes d'eau-de-vie de jusquiame, puis leur passèrent autour du cou le collier de pointes protecteur. Les autres fixaient pour le combat les torches sur des branches mortes. Tout cela fut fait en un instant et à peine venions-nous de prendre position que la meute rouge fondit sur nous comme une tempête. Nous les entendîmes foncer à travers les taillis obscurs, puis les bêtes féroces bondirent dans le cercle où la flamme des torches étendait sa lueur de brasier. En tête venait Chiffon Rouge, au cou duquel étincelait un éventail de lames aiguës. Il tenait la tête inclinée, et laissait pendre au sol sa langue trempée de bave ; le feu de ses yeux épiait, sournoisement. On voyait briller de loin les crocs découverts, dont la paire inférieure dépassait les babines telles des défenses. Le monstre malgré sa masse s'élançait par bonds légers, en une sorte de danse oblique, comme si dans l'excès de sa force il eût dédaigné de venir sur nous en droite ligne. Et derrière lui apparaissait, marquée de rouge et de noir, toute la meute dans l'éclat des torches.

À cet aspect, des cris d'effroi s'élevèrent ; on réclamait l'aide des molosses. Je vis le vieux Belovar regarder avec inquiétude ses grands chiens, mais les fiers animaux, le regard fixé droit devant eux et les oreilles dressées, tiraient sur leur laisse dans une attitude intrépide. Alors le vieillard eut un rire, et il donna le signal, et comme décochés d'un arc bien tendu, les dogues jaunes volèrent vers la meute rouge. Léontodon, à leur tête, se jeta sur Chiffon Rouge.

Alors éclata sous les arbres géants, à la rouge

lueur des torches, un hurlement de jubilation, tel que l'eût poussé l'armée des démons elle-même, et partout s'éleva l'ardente soif de sang. Les bêtes roulaient comme des masses sombres sur le sol et s'entr'attaquaient, et d'autres, qui se poursuivaient, traçaient autour de l'endroit où nous résistions un large cercle. Nous cherchions à intervenir dans le carnage dont le vacarme remplissait l'air, mais il était difficile d'atteindre de nos lames ou de nos projectiles les dogues rouges sans blesser aussi les molosses. Là seulement où la chasse courait autour de nous, comme sur une piste circulaire, nous parvenions à viser isolément les figures et à les tirer comme on tire des oiseaux en plein vol. Il apparut alors qu'en emportant mon arme, j'avais fait le meilleur choix qui fût possible. Je guettais pour placer ma décharge le moment où je voyais au-dessus du grain d'argent le masque noir, et j'étais sûr alors que mon coup de feu étendait la bête sans qu'elle eût même un sursaut de plus.

Mais là-bas aussi, de l'autre côté, nous vîmes des éclairs de coups de feu, et nous devinâmes que, de l'arène même autour de laquelle ils couraient, on tirait aussi sur les molosses. L'escarmouche ressemblait de la sorte à une poursuite qui se refermait comme une ellipse autour de deux centres de feu, cependant que la grande meute se battait dans l'axe le plus court. Au cours de la rencontre, la piste s'éclaira de hautes flammes, car aux endroits où les torches étaient tombées par terre, les broussailles sèches flambaient. Il apparut bientôt que les molosses étaient supérieurs aux braques, non point à vrai dire par la vigueur du coup de dents, mais bien par la masse et la force offensive. Mais les dogues rouges étaient plus nombreux. Il semblait aussi que de nouveaux couples eussent été lancés là-bas dans la mêlée, car il devenait à chaque instant plus difficile de seconder les chiens. Il faut dire que le braque était soigneusement dressé à attaquer l'homme, que le grand Forestier désignait comme le gibier de choix ; et, les molosses n'étant plus en nombre suffisant, le soin de notre propre vie détourna notre attention de la bataille des animaux. Jaillissant tantôt des buissons obscurs, tantôt de la fumée des tisons, l'un ou l'autre des rouges animaux bondissait sur nous, et des cris nous l'apprenaient. Il nous fallait faire vite alors pour l'étendre mort pendant qu'il s'élançait, mais plus d'un ne fut transpercé par les épieux des valets ou ne reçut le coup de hache sifflant du vieux Belovar, qu'à l'instant où déjà il se couchait haletant sur sa victime.

Déjà nous pressentions les premières défaillances ; il me semblait aussi que les appels des valets devenaient plus véhéments, plus inquiets — en de tels cas, une note presque imperceptible, comme un sanglot étouffé, annonce que le désespoir va poindre. Ces appels se mêlaient aux hurlements des meutes, aux détonations des armes à feu, au crépitement des flammes. Et nous entendîmes aussi dans les taillis un puissant, un sonore éclat de rire, qui nous annonça que le grand Forestier entrait à présent dans le jeu. C'était bien l'explosior de la terrible jovialité qui lui était propre ; le vieux était encore de ces grands seigneurs, qui connaissent une haute jubilation lorsqu'on les provoque. Et l'épouvante était aussi son élément.

Ma tête commençait à s'échauffer dans cette confusion, et je sentais que l'émotion me gagnait. Alors surgit dans mon esprit, comme maintes fois déjà en de semblables circonstances, l'image de mon vieux maître d'armes van Kerkhoven. Cet homme, un petit Flamand à barbe rousse, qui m'avait instruit dans l'infanterie, avait coutume de dire qu'un coup bien dirigé valait mieux que dix autres lâchés à la hâte. Il m'apprit aussi, aux moments du combat où l'effroi voudrait se répandre, à tenir l'index allongé et à respirer calmement, car celui-là est le plus fort, qui a le mieux respiré.

Ce Kerkhoven donc surgit en mes pensées, car tout enseignement authentique est chose de l'esprit, et l'image des maîtres excellents nous assiste dans la détresse. Et comme autrefois dans le Nord en face des cibles, je m'arrêtai, pour puiser une lente respiration, et sentis aussitôt combien ma vue s'éclaircissait, combien ma poitrine s'allégeait.

Le plus dangereux était que la fumée nous dérobait le champ de tir, alors que la rencontre prenait pour nous mauvaise tournure. Les combattants se trouvaient ainsi isolés, et les objets plongeaient dans l'indistinct. Et les dogues rouges ne cessaient de nous serrer de plus près. C'est ainsi que je vis à plusieurs reprises Chiffon Rouge passer près de l'endroit où je me tenais. Mais le rusé monstre, dès que je voulais le mettre en joue, gagnait le couvert. Une fureur de chasseur me saisit alors, et le désir d'abattre le dogue favori du grand Forestier me fit bondir derrière lui, lorsque je le vis disparaître à nouveau dans la fumée qui roulait devant moi comme une large rivière.

XXV

Il me semblait dans l'épaisse fumée voir le monstre passer çà et là comme une ombre, mais toujours trop rapide pour que je pusse le viser exactement. Et, mêlées aux tourbillons, des apparences trompeuses m'abusaient, si bien qu'enfin je m'arrêtai et demeurai immobile, aux aguets dans l'indistinct. J'entendis alors un craquement de branchages, et l'idée me vint brusquement que la bête avait pu faire un crochet, pour m'attaquer par-derrière. Pour me garantir, je mis un genou en terre, le fusil levé devant moi, et choisis pour me couvrir par-derrière un buisson épineux. En de telles circonstances, notre œil s'attache souvent à de toutes petites choses ; c'est ainsi que j'aperçus à la place même où je m'étais agenouillé, une plante minuscule qui fleurissait parmi les feuilles mortes, et je reconnus aussitôt en elle le sylvain rouge. Je devais donc me trouver à l'endroit où j'avais pénétré avec frère Othon, et tout près par conséquent du sommet de la colline qui touchait au Rouissage. En effet, je n'eus que quelques pas à faire pour atteindre la courte cime arrondie qui émergeait comme une île au milieu de la fumée.

De cette hauteur, je vis une faible clarté dans la clairière du Rouissage, mais en même temps mon regard fut attiré, dans la profondeur de la forêt, par un endroit où brillaient des flammes. Là j'aperçus, minuscule, et comme dessiné en filigrane rouge, un château qui flambait, avec ses créneaux et ses tours rondes ; et je me souvins que sur la carte de Fortunio, cet endroit se trouvait indiqué du nom de « résidence du Sud ». L'incendie me révélait que l'attaque du prince et de Braquemart avait dû les mener jusqu'aux degrés mêmes du palais.

Et, comme toujours au spectacle d'actions téméraires et réussies, mon cœur se gonfla d'un sentiment de joie. Mais le triomphant éclat de rire du grand Forestier me revint aussi à l'esprit, et mon regard se détourna bien vite pour épier le Rouissage. Je vis là des choses qui dans leur infamie me firent pâlir.

Les feux qui éclairaient le Rouissage ardaient encore, mais ils étaient recouverts d'une couche de cendre blanche, tel un petit dôme d'argent. Leur lueur tombait sur la cabane d'équarrissage, qui était grande ouverte, et colorait d'un rouge éclat le crâne grimaçant sur le pignon. Des traces qui parsemaient aussi bien le sol autour des feux que l'intérieur de l'antre abject, et que je ne veux point décrire, donnaient à penser que les Lémures avaient célébré l'une de leurs fêtes effroyables, dont les lieux portaient encore le reflet. Nous autres hommes ne regardons de telles visions qu'en retenant notre souffle, et comme à travers une mince fente.

Qu'on sache seulement que mes yeux, parmi toutes les têtes anciennes et depuis longtemps décharnées, en découvraient deux nouvelles, fichées bien haut sur des épieux, la tête du prince et celle de Braquemart. Du haut de leur pointe d'acier, où des crochets se recourbaient, elles regardaient les brasiers se couvrir de blêmes éclats. La chevelure du jeune prince était à présent blanche, mais je trouvais dans ses traits plus de noblesse encore, et cette beauté suprême, sublime, que seule enfante la souffrance.

Je sentis à ce spectacle les larmes me monter irrésistiblement aux yeux, mais de ces larmes où, mêlée à l'affliction, une rayonnante exaltation nous saisit. Sur ce pâle masque, d'où pendait en lambeaux la peau écorchée, et qui, élevé sur l'épieu du martyre, regardait les feux au-dessous de lui, l'ombre d'un sourire se jouait, d'une allégresse et d'une douceur suprêmes, et je compris que cet homme avait durant ce jour dépouillé pas à pas sa faiblesse, comme laisse tomber ses haillons un roi qui se cachait sous le déguisement du mendiant. Un frisson me saisit alors au plus profond de l'être, car je compris que celui-là était digne de ses lointains ancêtres, vainqueurs des monstres ; il avait tué dans son cœur le dragon Épouvante. Si j'avais douté auparavant, à présent mon doute s'effaçait : il existait encore parmi nous des êtres nobles, au cœur desquels vivait et s'accroissait la connaissance de l'ordre supérieur. Et comme tout haut exemple nous convie à le suivre, je fis le serment devant cette tête, de préférer à jamais la solitude et la mort avec les hommes libres au triomphe parmi les esclaves.

Les traits de Braquemart par contre apparaissaient tels qu'ils avaient toujours été. Du haut de son épieu, il regardait le Rouissage, et son air semblait ironique, avec un léger dégoût, et la feinte tranquillité de l'homme qui ressent une violente convulsion, mais préserve la face. Je me serais à peine étonné, si j'avais vu dans ce visage le monocle qu'il portait durant sa vie. Sa chevelure était demeurée noire et brillante ; je devinai qu'il avait pris à temps la pilule que chaque Maurétanien porte sur soi. C'est une capsule de verre coloré, qu'on porte d'ordinaire à l'intérieur d'une bague, et dans la bouche aux moments du péril. Il suffit ainsi d'un coup de dent pour briser la capsule, qui renferme un poison d'un effet foudroyant. C'est la procédure qu'on nomme dans la langue des Maurétaniens l'appel en troisième instance, correspondant au troisième degré de la violence, et elle est en rapport avec l'image qu'on se fait en cette société de la dignité de l'homme. On tient cette dignité pour compromise par celui qui subit une basse violence, et l'on attend de chaque Maurétanien qu'il soit prêt à tout instant à l'appel mortel. Ceci donc avait été la dernière aventure de Braquemart.

Je regardai ce spectacle, en proie à la stupeur, et je demeurai là longtemps, comme en dehors du temps. Je tombai dans une sorte de rêve éveillé où j'oubliai la proximité du danger. Parvenus à cet état, nous passons comme endormis à travers les périls, aveugles, mais tout proches de l'esprit des choses. C'est ainsi que je pénétrai sur la clairière du Rouissage, et, comme dans l'ivresse, les choses étaient distinctes mais n'étaient plus extérieures à moi. Elles m'étaient familières comme au pays magique de l'enfance, et tout autour de moi les crânes blêmes contre les arbres m'interrogeaient de leur regard. J'entendais aussi le chant des projectiles dans l'espace vide, lourde vibration des traits d'arbalète et claquement net des carabines. Ils passaient si près que les poils de mes tempes se soulevaient, mais ils n'étaient pour mon attention qu'une profonde mélodie qui m'accompagnait et donnait la mesure à mes pas.

Je marchai ainsi, à la lueur des brasiers argentés, jusqu'à l'endroit abominable, et j'abaissai vers moi la pique qui portait la tête du prince. Mes deux mains l'enlevèrent de la pointe de fer et la couchèrent dans le carnier de cuir. Tandis qu'agenouillé j'accomplissais cette tâche, je sentis à mon épaule un coup violent. L'un des projectiles avait dû me toucher, mais je n'éprouvais aucune souffrance, et le sang ne coulait point sur ma veste de cuir. Seul, le bras droit pendait paralysé. Comme éveillé brusquement, je regardai autour de moi, puis, porteur du sublime trophée, je me rejetai dans la forêt. J'avais laissé le fusil à l'endroit où poussait le sylvain rouge ; aussi bien ne pouvait-il plus m'être d'aucune utilité à présent. Je me hâtai vers l'endroit où j'avais laissé les combattants.

Le plus profond silence y régnait, et les torches aussi s'étaient éteintes. Aux endroits seulement où les buissons avaient flambé, une lueur de brasier se voyait encore. Elle permettait à l'œil de deviner sur le sol sombre les cadavres des combattants et les chiens abattus ; ils étaient mutilés et horriblement dépecés. Au milieu d'eux, contre le pied d'un vieux chêne, gisait Belovar. Sa tête était ouverte, et le flot de sang avait teinté sa barbe blanche. À son côté, la hache à double tranchant était rougie de sang elle aussi, comme le large poignard, que sa main droite étreignait encore. À ses pieds était couché le fidèle Léontodon, la peau toute déchirée par les coups de feu et les morsures, et qui lui léchait la main avant de mourir. Le vieillard avait lutté vaillamment, car autour de lui gisait une moisson d'hommes et de chiens. Il avait ainsi trouvé une mort à sa mesure, dans le tourbillon de la chasse terrible où de rouges chasseurs harcèlent à travers les forêts le gibier rouge, et dans laquelle mort et volupté sont profondément unies. Longtemps je regardai les yeux de l'ami couché dans la mort, puis de la main gauche je versai sur sa poitrine une poignée de terre. La grande Mère, dont il avait célébré les fêtes farouches et qu'enivre un sang joyeux, est fière de tels enfants.

XXVI

Pour sortir de la nuit des grands bois et retrouver le chemin des prairies, je n'eus qu'à suivre les traces que nous avions marquées en arrivant, et, pensivement, je m'en allai le long du sentier blanc.

Il me semblait singulier que durant le massacre ma place eût été auprès des morts, et je vis dans ce fait un symbole. La rêverie aussi me tenait toujours sous son empire. Cet état n'était pas entièrement nouveau pour moi ; je l'avais déjà connu au soir de certaines journées où la mort m'avait effleuré. C'est alors comme si par la force de l'esprit nous échappions un peu à notre corps et marchions pour ainsi dire à côté de notre propre image. Mais jamais je n'avais senti aussi nettement qu'ici, dans la forêt, se dénouer ces liens subtils. Tandis que je suivais songeur la piste blanche, j'apercevais le monde comme dans le sombre éclat d'un bois d'ébène où se fussent mirées des figurines d'ivoire. Je traversai ainsi les marais voisins de la corne aux Tanneurs et sortis dans la Campagna non loin des trois grands peupliers.

Arrivé là, je vis avec effroi que le ciel était rempli de lueurs d'incendies. Et dans les prairies régnait une sinistre agitation ; des ombres passaient auprès de moi. Peut-être se trouvait-il parmi eux des valets échappés au massacre ; mais je m'abstins de lancer un appel, car beaucoup semblaient ivres de rage. J'en vis aussi qui brandissaient des tisons, et j'entendis l'argot des hommes de La Picousière. De ceux-ci, il en venait des bandes, qui, chargées de butin, rentraient déjà dans les forêts. Le boqueteau du taureau rouge était violemment éclairé ; des cris de femmes s'y mêlaient aux éclats de rire d'une ripaille de victoire.

Plein d'un sinistre pressentiment je courus vers la métairie, et de loin déjà je pus me convaincre que dans l'intervalle Sombor et les siens avaient succombé eux aussi au peuple des forêts. La riche colonie était la proie des flammes, qui déjà avaient détruit les combles de la maison, des étables et des granges, et tout autour des brasiers les vers à feu se démenaient en hurlant. Le pillage battait son plein ; ils avaient déjà taillé dans la literie et la remplissaient de butin comme on remplit des sacs. Je vis aussi des groupes qui s'empiffraient des choses trouvées dans les chambres aux provisions ; ils avaient fait sauter le couvercle de tonneaux pleins et puisaient à boire avec leurs chapeaux.

Les meurtriers étaient plongés dans le vertige des saouleries, et cette circonstance m'était favorable, car je circulais parmi eux presque comme un somnambule. Aveuglés par le feu, le meurtre et l'ivresse, ils s'agitaient pareils à ces bêtes qu'on voit au fond des mares obscures. Ils passaient tout près de moi, et l'un d'eux, qui tenait un feutre plein d'eau-de-vie, l'éleva vers mon visage entre ses deux mains, et déguerpit en jurant, lorsque je refusai de trinquer. Je passai ainsi parmi eux sans être inquiété, comme si j'eusse été doué de la *vis calcandi supra scorpiones.*

Lorsque j'eus quitté les décombres de la métairie, j'observai une chose qui accrut encore mon effroi. Il me semblait que derrière moi l'ardeur de l'incendie allait pâlissant, mais moins par suite de l'éloignement qu'à cause d'une nouvelle et plus terrible rougeur qui s'élevait devant moi dans le ciel. Et cette partie des pâturages n'était pas non plus sans animation. C'est ainsi que j'aperçus du bétail dispersé et des bergers qui s'enfuyaient, et que surtout j'entendis dans le lointain les abois de la meute rouge qui paraissaient se rapprocher. Aussi pressai-je le pas, bien qu'à marcher vers le terrible cercle de flammes, je sentisse en même temps mon cœur s'emplir d'angoisse. Je voyais déjà se dresser obscurément les falaises de marbre, tel de noirs récifs sur une mer de lave. Et cependant que j'écoutais les chiens derrière moi, je gagnai en hâte le faîte abrupt, du haut duquel nos regards, en une sublime ivresse, s'étaient si souvent nourris de la beauté de cette terre, à présent revêtue de la pourpre robe de la destruction.

À présent toute l'ampleur du désastre était écrite en flammes immenses, et dans les lointains, sur les rives de la Marina, les vieilles villes si belles rayonnaient dans une ruine ardente. Elles jetaient leurs flammes comme un collier de rubis, et dans les sombres profondeurs des eaux, naissait leur image frémissante. Les villages aussi brûlaient et les hameaux sur toute l'étendue des terres, et des fiers châteaux, et des monastères de la vallée, l'incendie jaillissait puissamment. Les flammes s'élevaient sans fumée comme des palmes d'or dans l'air immobile, cependant que leur couronne épanchait une pluie de feu. Bien haut dans la nuit, par-dessus le tourbillonnement d'étincelles, planaient, touchés d'une lueur rouge, des bandes de pigeons et des hérons qui s'étaient envolés des roseaux. Ils tournoyaient, jusqu'à ce que leur plumage s'embrasât, puis tombaient dans l'incendie comme des lampions qui flambent.

Pas un son ne montait jusqu'à moi, comme si l'espace eût été vide d'air ; le spectacle se déployait dans un silence terrible. Je n'entendais, dans les profondeurs, ni les sanglots des enfants, ni la plainte des mères, ni les hommes des clans poussant leurs clameurs dans la bataille, ni le bétail qui mugissait, prisonnier des étables. De toutes les terreurs de la destruction, rien ne montait vers les falaises de marbre, que cette lueur dorée. Ainsi s'embrasent les mondes lointains, pour le délice du regard, dans la beauté des choses qui périssent.

Et je n'entendis pas non plus le cri qui s'échappait de mes lèvres. Je n'entendais qu'au plus profond de moi, comme si la flamme m'eût aussi dévoré, le crépitement de ce monde en feu. Et ce crépitement si léger était tout ce que je pouvais ouïr, cependant que croulaient les décombres des palais et que dans les magasins des ports les sacs de céréales, projetés dans les airs, explosaient en cendre ardente. Et, déchirant la terre, la grosse tour de la porte du Coq sauta aussi avec ses réserves de poudre. La lourde cloche, qui depuis mille ans était la parure du beffroi, et dont la voix avait accompagné dans la vie et dans la mort des êtres innombrables, montra d'abord une rougeur sombre, puis blanchit, et fut enfin précipitée hors de son alvéole, entraînant la tour dans sa ruine. Et je vis aussi le fronton des temples s'éclairer de rouges lueurs, et du haut de leur socle les statues des dieux s'inclinaient avec le bouclier et la lance et le brasier les recevait sans bruit. Devant cette mer de feu, pour la seconde fois et plus fortement encore, l'engourdissement du songe me saisit. Et comme en cet état maintes choses nous deviennent sensibles à la fois, j'entendais aussi la meute et derrière elle l'engeance des bois qui s'approchaient sans répit. Déjà les chiens avaient presque atteint le bord des falaises, et j'entendais par intervalles l'aboiement sourd de Chiffon Rouge qui toujours hurlant accompagnait sa meute. Mais dans l'état où je me trouvais je n'étais pas capable même de bouger le pied, et je sentais les cris s'arrêter sur mes lèvres. Ce ne fut qu'à l'instant où j'apercevais déjà les bêtes, qu'il me fut possible de remuer, mais l'enchantement subsistait. C'est ainsi qu'il me sembla descendre doucement et comme en un vol l'escalier des falaises de marbre, et ce fut d'un bond léger que je franchis la haie qui fermait l'Ermitage. Et, derrière moi, se ruant toute ensemble, la chasse sauvage dévalait en tempête l'étroit sentier de roc.

XXVII

Le bond que j'avais fait par-dessus la haie m'avait à demi renversé sur le sol mou de la plate-bande des lis, et je vis, plein d'étonnement, que le jardin était baigné d'une étrange lumière. Les fleurs et les buissons rayonnaient d'un éclat bleuâtre, comme s'ils eussent été peints sur de la porcelaine, puis animés par quelque mot magique.

En haut, sur le seuil de la cuisine, se tenaient Erion avec Lampusa, plongés dans la contemplation de l'incendie. Et je vis aussi frère Othon, en ses vêtements des grands jours, debout dans la galerie de l'Ermitage, il regardait dans la direction de l'escalier de roc, où se ruait maintenant comme un torrent l'engeance des bois avec ses chiens. Ils se coulaient déjà dans la haie comme des rats, et des poings secouaient la grande porte du jardin. Je vis alors frère Othon sourire, tandis qu'il élevait devant ses yeux attentifs la lampe de cristal de roche où dansait une étroite flamme bleue. Il semblait à peine remarquer que là-bas, sous les coups des meneurs de chiens, la porte avait cédé, et que la sombre bande, ivre de joie, envahissait l'enclos où croissaient nos lis, Chiffon Rouge en tête, au collier duquel les lames étincelaient.

En cette détresse, j'élevai la voix pour appeler frère Othon, que je voyais toujours debout et comme aux aguets sur la galerie. Mais il ne parut pas me voir, car sans me jeter un regard, il se détourna et pénétra dans l'herbier, portant devant lui la lampe. Frère au grand exemple, il voulait, en présence même de la destruction, couronner l'œuvre à laquelle nous avions consacré notre vie, et ma détresse corporelle à ses yeux n'existait pas.

Alors j'appelai Lampusa, qui, le visage éclairé par la lueur des feux, était debout sur le seuil caverneux de sa cuisine, et je la vis, les bras croisés, jeter un bref regard sur ce grouillement, cependant qu'un rire atroce découvrait sa dent. Je sus alors que je ne devais attendre d'elle nulle pitié. Tant que j'avais fait des enfants à ses filles et que mon épée avait jeté bas les ennemis, j'avais été le bienvenu. Mais elle voyait en tout vainqueur un gendre, et méprisait tout homme humilié.

Alors, quand Chiffon Rouge déjà s'élançait, ce fut de mon Erion que me vint le secours. L'enfant avait saisi le bassin d'argent, qui était resté dans la cour après le repas des serpents. Il le frappait, non plus comme d'habitude avec sa cuiller de bois de poirier, mais avec une fourchette de fer. Il éveillait ainsi dans le bassin un son pareil à un rire, et bien fait pour glacer hommes et bêtes. Je perçus un frémissement dans les anfractuosités au pied des falaises de marbre, puis l'air s'emplit d'un sifflement subtil et multiplié. Des lueurs parsemèrent le jardin bleuâtre, et les éclatantes vipères jaillirent de leurs crevasses.

Elles glissaient par les plates-bandes comme de brillantes lanières de fouet, dont les rapides ondulations soulevaient parmi les fleurs un vol de pétales, sillage léger. Puis, décrivant sur le sol un cercle doré, elles se dressèrent lentement jusqu'à hauteur d'homme. Et dans cette attitude, leur tête oscillait tel un lourd pendule, et leurs dents prêtes à l'attaque luisaient mortellement, pareilles à des stylets de verre recourbé. Accompagnant cette danse, un fin sifflement déchirait les airs, celui même de l'acier qu'on refroidit dans l'eau ; et un bruit léger de corne qu'on heurte s'élevait aussi du bord des plates-bandes, semblable au choc des castagnettes des danseuses maures.

Prisonnière de cette ronde, l'engeance des bois était pétrifiée d'épouvante, et les yeux semblaient devoir leur jaillir de l'orbite. Au-dessus de toutes les autres se dressait la Griffonne ; elle se balançait devant Chiffon Rouge avec son bouclier clair, et l'environnait comme en un jeu de ses grâces onduleuses. La brute suivait en tressaillant les mouvements de cette danse, et le poil hérissé — puis la Griffonne sembla l'effleurer à peine auprès de l'oreille, et, secoué des convulsions de la mort, le chien roula dans le parterre de lis, déchirant sa langue de ses crocs.

Ce fut le signal pour la troupe des danseuses qui, déroulant leurs anneaux dorés, se jetèrent sur la proie, et l'enlacèrent si étroitement qu'un seul corps revêtu d'écailles semblait envelopper les hommes et les chiens. Et l'on eût dit aussi qu'un seul cri d'agonie jaillissait de ce réseau serré, que la force du venin, tel un lacet invisible, aussitôt étrangla. Puis le lacis brillant se dénoua, et les serpents, en un paisible mouvement, se retirèrent vers leurs crevasses.

Du milieu des parterres, que jonchaient à présent des cadavres obscurs, gonflés de venin, je levai les yeux vers Erion. Je vis l'enfant entrer dans la cuisine avec Lampusa qui le tenait par la main, pleine d'orgueil et de tendresse ; il se retourna pour me sourire, et la porte de la caverne se referma sur eux en criant. Je sentis alors le sang circuler à nouveau dans mes veines avec facilité, et se dissiper le sortilège qui m'avait tenu enchaîné. Ma main droite était libre à nouveau de se mouvoir. Je courus vers l'Ermitage, car j'étais inquiet pour frère Othon.

XXVIII

Traversant la bibliothèque, je trouvai les livres et les parchemins dans le plus grand ordre, tels qu'on les dispose au moment de partir pour un long voyage. La table ronde dans la grande salle portait les images des Lares ; ils étaient richement pourvus de fleurs, de libations et d'offrandes. Une ordonnance de fête régnait en ces lieux, qu'illuminaient les longs flambeaux du chevalier Deodat. Parmi ces solennels apprêts, je me sentis heureux comme si j'eusse retrouvé la patrie. Tandis que je contemplais ainsi son ouvrage, frère Othon parut, descendant de l'herbier, dont il laissa la porte grande ouverte. Nous nous embrassâmes, puis nous fîmes part de nos aventures, tout comme jadis dans les intervalles des combats. Quand je lui racontai comment j'avais découvert le jeune prince, et tirai mon trophée du carnier de cuir, je vis se durcir les traits de frère Othon, puis, en même temps que les larmes, une étrange flamme parut dans ses yeux. Avec le vin qui se trouvait parmi les offrandes, nous lavâmes cette tête du sang et de la sueur d'agonie qui la souillaient, puis l'ensevelîmes dans l'une des grandes amphores de parfum, où se fanaient les pétales des lis blancs et des roses de Chiraz.

Frère Othon remplit alors deux coupes de vieux vin, que nous vidâmes après avoir offert la libation et brisâmes ensuite contre la pierre de la cheminée. Ce fut là notre solennel adieu à l'Ermitage aux buissons blancs. Le cœur plein de tristesse, nous quittâmes cette demeure où la vie de notre esprit, où notre amitié fraternelle, s'étaient abritées comme en un chaud vêtement. Mais sur cette terre il n'est point d'asile où nous puissions nous établir.

Abandonnant notre bien, nous franchîmes la porte

du jardin et nous dirigeâmes vers le port. J'avais dans mes bras l'amphore, et frère Othon contre sa poitrine tenait précieusement le miroir et la lampe. Lorsque nous fûmes au tournant où le sentier se cache dans les collines, montant vers le monastère de la Falcifera, nous nous arrêtâmes un instant encore pour nous retourner vers notre demeure. Dans l'ombre des falaises de marbre, nous l'apercevions avec ses murs blancs et son large toit d'ardoises, où palpitait confusément le reflet des lointains incendies. Semblables à de noirs rubans, la terrasse et la galerie couraient le long des murs plus clairs. C'est ainsi qu'on bâtit dans les belles vallées où, sur les pentes qui regardent vers le sud, vit notre peuple.

Tandis que nous contemplions l'Ermitage aux buissons blancs, ses fenêtres s'éclairèrent et de son faîte une flamme s'élança, qui monta jusqu'au bord des falaises. Elle ressemblait par sa couleur, un bleu profond et sombre, à la mince flamme de la lampe de Nigromontanus et sa cime était déchiquetée comme le calice de la gentiane. La moisson de maintes années de labeur était ainsi devant nos yeux la proie des éléments, et notre œuvre avec la maison retournait à la poussière. Mais nous ne pouvons ici-bas espérer de rien parachever, et bienheureux l'homme chez qui la volonté ne passe point tout entière dans le douloureux effort. Nulle maison n'est bâtie, nul plan n'est tracé, où la perte future ne soit la pierre de base, et ce n'est point dans nos œuvres que vit la part impérissable de nous-mêmes. Cette vérité pour nous jaillissait de la flamme, et cependant son éclat se mêlait d'allégresse. Aussi pressions-nous le pas dans le sentier, pleins de forces nouvelles. Il faisait noir encore ; mais la fraîcheur de l'aube montait déjà des vignobles et des pâturages riverains. Et notre cœur croyait bien sentir que les feux dans le ciel perdaient un peu de leur violence sinistre ; ils étaient mélangés d'aurore.

Sur la pente de la montagne, nous vîmes le cloître de la Maria Lunaris lui aussi enveloppé dans les flammes. Elles s'élevaient au flanc de la tour et sa girouette en forme de corne dorée semblait incandescente. Le haut vitrail voisin de l'autel de l'image sainte avait déjà sauté, et nous vîmes le Père Lampros, debout dans son cadre vide. Le brasier derrière lui était comme un four ouvert, et nous courûmes pour l'appeler jusqu'aux douves du monastère. Il était debout dans ses vêtements sacerdotaux, et sur son visage nous vîmes briller un sourire inconnu, comme si la rigidité qui jadis en lui nous effrayait s'était évanouie à l'ardeur du feu. Il semblait écouter et cependant il n'entendit point nos appels. Alors j'élevai la tête du prince hors de l'amphore et la brandis bien haut de ma main droite. À son aspect un frisson nous saisit, car l'humidité du vin avait attiré les pétales de roses, de sorte qu'à présent elle était revêtue d'un éclat pourpre et sombre.

Mais une autre image encore nous saisit, tandis

que j'élevais cette tête. Nous vîmes s'emplir d'une verte lumière la rosace dont la rondeur intacte couronnait encore le vitrail, et son dessin nous était étrangement familier. Il nous sembla que son modèle une fois déjà nous était apparu lumineusement dans ce plantain que le Père Lampros nous avait montré au jardin du couvent, et ce spectacle à présent nous révélait des rapports cachés.

Le Père tourna vers nous son regard quand je lui tendis la tête, et lentement, moitié nous saluant, moitié nous montrant quelque chose, il éleva la main comme dans la *Consecratio*, et les flammes mettaient une lueur à sa grande cornaline. Comme s'il eût avec ce geste fait un signe terriblement puissant, nous vîmes la rosace éclater en étincelles d'or, et en même temps que l'ogive, la tour avec sa corne s'écroulèrent sur lui comme une montagne.

XXIX

La porte du Coq s'était effondrée ; nous nous frayâmes un chemin à travers ses débris. Les décombres des murs et des poutrages jonchaient les rues, et partout alentour des cadavres d'assassinés gisaient dans les ruines laissées par l'incendie. Nous apercevions de sombres silhouettes à travers la fumée refroidie, et cependant une nouvelle confiance nous animait. Tel est le conseil de l'aube ; et le seul retour de la lumière après cette longue nuit nous semblait déjà merveilleux.

Dans cette dévastation, les anciens conflits apparaissaient aussi dépourvus de sens que les souvenirs d'une méchante ivresse. Le désastre seul était demeuré, et les combattants avaient déposé drapeaux et enseignes. Nous vîmes encore dans les ruelles latérales de la populace occupée à piller, mais les mercenaires établissaient à présent une double rangée de postes. Nous rencontrâmes, près du château, Biedenhorn qui les répartissait et dont l'importance se donnait carrière. Il se tenait sur la place dans sa cuirasse d'or, mais sans casque, et se vantait d'avoir déjà décoré les arbres de Noël, ce qui signifiait qu'il avait fait appréhender les premiers venus pour les pendre aux ormes du rempart. Selon sa martiale coutume, il s'était, durant les combats, tenu soigneusement retranché, mais à présent que toute la ville était en ruine, il se montrait et jouait l'homme de la Providence. Il était par ailleurs bien informé, car au sommet de la tour d'armes flottait déjà l'étendard du grand Forestier, la rouge tête de sanglier. Il semblait que Biedenhorn eût déjà bu considérablement ; il était quand nous le rencontrâmes dans l'humeur féroce et joviale qui le rendait cher à ses mercenaires. Il rayonnait du contentement de pouvoir enfin courir sus aux écrivains, aux faiseurs de vers et aux philosophes de la Marina. Tout comme l'antique parfum de la culture, il tenait en horreur le vin et ses vertus subtiles. Il aimait les lourdes bières qu'on brasse dans l'île de Bretagne et dans les Pays-Bas, et tenait les gens de la Marina pour des mangeurs de grenouilles. Homme des ripailles et des beuveries, il croyait inébranlablement qu'ici-bas le doute se résout en tranchant tout au bon moment. Sous ce rapport, il montrait une certaine ressemblance avec Braquemart, mais il était plus sain que lui, dans la mesure où il méprisait la théorie. Nous n'étions pas sans apprécier son naturel et son bon appétit. Certes, il n'était pas à sa place à la Marina, mais peut-on blâmer le loup qu'on a pris pour un chien de garde ? Biedenhorn par bonheur était de ceux dont l'ivresse matinale réveille les souvenirs. Nous n'eûmes point besoin de lui rappeler cette heure devant les cols où lui et ses cuirassiers s'étaient trouvés en fâcheuse posture. Il était tombé de son cheval, et nous apercevions les libres paysans d'Alta-Plana qui s'occupaient déjà à ouvrir sa cuirasse, comme on brise dans un festin la carapace du homard qu'a dorée l'art du cuisinier. Déjà le stylet aigu lui chatouillait la gorge, lorsque avec les cavaliers pourpres, nous le dégageâmes, lui et ses mercenaires. Ce fut lors de cette diversion que le jeune Ansgar tomba entre nos mains. Biedenhorn nous avait également rencontrés durant notre séjour chez les Maurétaniens et c'est pourquoi il fit bien les choses lorsque nous lui demandâmes un navire. L'heure de la catastrophe n'est-elle pas l'heure des Maurétaniens ? Il mit à notre disposition le brigantin qu'il avait dans le port, et nous donna comme escorte un groupe de mercenaires.

Les rues qui conduisaient au port étaient pleines d'une foule qui fuyait. Mais il nous sembla que tous cependant ne voulaient pas quitter la ville, car nous vîmes que dans les ruines des temples la fumée des sacrifices déjà s'élevait, et nous entendîmes des cantiques dans les décombres des églises. Dans la chapelle de la Sagrada Familia, tout près du port, les orgues étaient restées intactes, et leur voix puissante accompagnait le chant de la communauté.

Les princes sont des hommes
Ils naissent de la femme,
Ils tombent en poussière,
Leurs conseils ne sont plus.
La tombe a pris son bien,
L'homme ne peut plus rien,
Seigneur, nous attendons de toi seul le salut !

Sur le port se pressait la foule, chacun portant ce qui lui restait de ses biens. Mais les navires qui partaient pour la Burgondie et l'Alta-Plana étaient déjà surchargés, et chaque voilier que les hommes avec leurs gaffes éloignaient du rivage était poursuivi par une longue clameur de désolation. Au milieu de cette détresse, comme protégé par un tabou, le brigantin de Biedenhorn, aux couleurs noir, rouge noir, se balançait sur des amarres. Ses laques bleu sombre et ses garnitures de cuivre reluisaient, et lorsque je donnai l'ordre de lever l'ancre, les serviteurs dépouillèrent de leurs housses les coussins de cuir roux des banquettes. Tandis que les piques des mercenaires tenaient la foule en respect, nous réussîmes à embarquer encore des femmes et des enfants, jusqu'au moment où notre pont ne dépassa plus l'eau que d'une coudée à peine. Nos serviteurs alors prirent les rames, et nous sortîmes de l'anse du port que les murs protégeaient. Une brise fraîche nous saisit alors, qui nous poussait vers les montagnes d'Alta-Plana.

La fraîcheur matinale régnait encore sur les eaux, où les courants étendaient leurs traînées verdâtres. Mais le soleil montait déjà entre les déchirures des cimes neigeuses et les falaises de marbre émergeaient éclatantes dans les vapeurs des basses plaines. Nous tournions vers elles nos regards et nos mains effleuraient les eaux que le jour emplissait d'azur, comme si les ombres eussent regagné les profondeurs.

Nous prenions de l'amphore un soin religieux. Le destin de cette tête que nous emportions nous était encore inconnu. Nous devions plus tard la confier aux chrétiens, lorsqu'ils relevèrent de ses ruines la grande cathédrale de la Marina. Ils l'ensevelirent dans la pierre des fondations. Mais auparavant, dans la demeure héréditaire de Sunmyra, frère Othon lui avait adressé l'eburnum.

XXX

Les hommes d'Alta-Plana s'étaient rassemblés aux frontières, lorsque les feux des incendies étaient apparus dans le ciel. C'est pourquoi comme nous approchions de la rive nous vîmes déjà le jeune Ansgar ; il nous fit de la main un signe joyeux.

Nous prîmes parmi ses gens un court repos, cependant qu'il envoyait des messagers à son père, puis nous gravîmes lentement le chemin de la haute vallée. Arrivés aux cols, nous nous attardâmes au grand mausolée des héros, ainsi qu'à plusieurs des monuments plus petits érigés dans ces lieux. Nous revîmes aussi le défilé où nous avions dégagé de l'étreinte Biedenhorn et ses mercenaires. En cet endroit, Ansgar nous tendit la main de nouveau, et nous dit que désormais tous ceux de ses biens qu'il pouvait partager étaient nôtres pour moitié.

À midi, nous aperçûmes le domaine à travers les grands chênes qui l'environnaient. À sa vue nous ressentîmes une profonde sécurité, car ici tout comme dans notre patrie du Nord, les granges, les étables et la demeure des hommes s'abritaient sous la vaste pente du même toit. Et la tête de cheval brillait également à son vaste pignon. Le portail était ouvert à deux battants, et l'aire poudroyait au soleil. Le bétail par-dessus les mangeoires tournait vers elle la tête ; il portait en ce jour des bandelettes dorées à ses cornes. La grande salle était solennellement apprêtée, et quittant le cercle des hommes et des femmes qui sur le seuil attendaient, le vieil Ansgar vint au-devant de nous pour l'accueil.

Alors nous franchîmes ces portes grandes ouvertes, comme on entre dans la paix de la maison paternelle.

DU MÊME AUTEUR

Aux Éditions Gallimard

LE CŒUR AVENTUREUX (1938), 1942. Nouvelle édition en 1995 sous le titre LE CŒUR AVENTUREUX (1929). Notes prises de jour et de nuit (L'Imaginaire n° 35).

SUR LES FALAISES DE MARBRE, 1942 (L'Imaginaire n° 47).

JEUX AFRICAINS, 1944. Nouvelle édition en 1970 (Folio n° 1045).

L'ÉTAT UNIVERSEL. Organisme et organisation, 1962 (Les Essais n° 105).

LE MUR DU TEMPS, 1963 (Folio essais n° 249).

SOIXANTE-DIX S'EFFACE. Journal, 1984-2004.

Tome I : 1965-1970
Tome II : 1971-1980
Tome III : 1981-1985
Tome IV : 1986-1990
Tome V : 1991-1996

SOUS LE SIGNE DE HALLEY, 1989.

L'ÉTAT UNIVERSEL *suivi de* LA MOBILISATION TOTALE, 1990 (Tel n° 159).

Dans la Bibliothèque de la Pléiade

JOURNAUX DE GUERRE, 2008.

Tome I : 1914-1918 : Orages d'acier - Le Boqueteau 125 - Feu et sang - La Déclaration de guerre de 1914 - Le Combat comme expérience intérieure - Sturm - Feu et mouvement.

Tome II : 1939-1948 : Avant-propos de « Rayonnements » - Jardins et routes - Premier journal parisien - Notes du Caucase - Second journal parisien - Feuillets de Kirchhorst - La Cabane dans la vigne.

Aux Éditions de La Table Ronde

LA PAIX, 1947 (La petite vermillon n° 3).

VOYAGE ATLANTIQUE. Journal de voyage, 1952 (La petite vermillon n° 10).

APPROCHES, DROGUES ET IVRESSE, 1973 (Folio essais n° 166).

LE LANCE-PIERRES, 1974 (L'Imaginaire n° 714).

EUMESWIL, 1978 (Folio n° 1332).

Collection **L'Imaginaire**

Axée sur les constructions de l'imagination, cette collection vous invite à découvrir les textes les plus originaux des littératures romanesques française et étrangères.

Derniers volumes parus

309. **J.M.G. Le Clézio** LE DÉLUGE
310. **Pierre Drieu la Rochelle** L'HOMME COUVERT DE FEMMES
311. **Salvador Dali** JOURNAL D'UN GÉNIE
312. **D.A.F. de Sade** JUSTINE OU LES MALHEURS DE LA VERTU
313. **Paul Nizan** LE CHEVAL DE TROIE
314. **Pierre Klossowski** UN SI FUNESTE DÉSIR
315. **Paul Morand** LES ÉCARTS AMOUREUX
316. **Jean Giono** RONDEUR DES JOURS (L'EAU VIVE I)
317. **André Hardellet** LOURDES, LENTES...
318. **Georges Perros** PAPIERS COLLÉS, III
319. **Violette Leduc** LA FOLIE EN TÊTE
320. **Emmanuel Berl** SYLVIA
321. **Marc Bernard** PAREILS À DES ENFANTS...
322. **Pierre Drieu la Rochelle** RÊVEUSE BOURGEOISIE
323. **Eugène Delacroix** LETTRES INTIMES
324. **Raymond Roussel** COMMENT J'AI ÉCRIT CERTAINS DE MES LIVRES
325. **Paul Gadenne** L'INVITATION CHEZ LES STIRL
326. **J.M.G. Le Clézio** VOYAGES DE L'AUTRE CÔTÉ
327. **Gaston Chaissac** HIPPOBOSQUE AU BOCAGE
328. **Roger Martin du Gard** CONFIDENCE AFRICAINE
329. **Henri Thomas** LE PARJURE
330. **Georges Limbour** LA PIE VOLEUSE
331. **André Gide** JOURNAL DES FAUX-MONNAYEURS

332. **Jean Giono** L'OISEAU BAGUÉ (L'EAU VIVE II)
333. **Arthur Rimbaud** CORRESPONDANCE (1888-1891)
334. **Louis-René Des Forêts** LES MENDIANTS
335. **Joë Bousquet** TRADUIT DU SILENCE
336. **Pierre Klossowski** LES LOIS DE L'HOSPITALITÉ
337. **Michel Leiris** LANGAGE TANGAGE OU CE QUE LES MOTS ME DISENT
338. **Pablo Picasso** LE DÉSIR ATTRAPÉ PAR LA QUEUE
339. **Marc Bernard** AU-DELÀ DE L'ABSENCE
340. **Jean Giono** LES TERRASSES DE L'ÎLE D'ELBE
341. **André Breton** PERSPECTIVE CAVALIÈRE
342. **Rachilde** LA MARQUISE DE SADE
343. **Marcel Arland** TERRES ÉTRANGÈRES
344. **Paul Morand** TENDRES STOCKS
345. **Paul Léautaud** AMOURS
346. **Adrienne Monnier** LES GAZETTES (1923-1945)
347. **Guillaume Apollinaire** L'ARBRE À SOIE ET AUTRES ÉCHOS DU MERCURE DE FRANCE (1917-1918)
348. **Léon-Paul Fargue** DÉJEUNERS DE SOLEIL
349. **Henri Calet** MONSIEUR PAUL
350. **Max Jacob** LE TERRAIN BOUCHABALLE
351. **Violette Leduc** LA BÂTARDE
352. **Pierre Drieu la Rochelle** LA COMÉDIE DE CHARLEROI
353. **André Hardellet** LE PARC DES ARCHERS suivi de LADY LONG SOLO
354. **Alfred Jarry** L'AMOUR EN VISITES
355. **Jules Supervielle** L'ARCHE DE NOÉ
356. **Victor Segalen** PEINTURES
357. **Marcel Jouhandeau** MONSIEUR GODEAU INTIME
358. **Roger Nimier** LES ÉPÉES
359. **Paul Léautaud** LE PETIT AMI
360. **Paul Valéry** LETTRES À QUELQUES-UNS
361. **Guillaume Apollinaire** TENDRE COMME LE SOUVENIR
362. **J.M.G. Le Clézio** LES GÉANTS
363. **Jacques Audiberti** LES JARDINS ET LES FLEUVES
364. **Louise de Vilmorin** HISTOIRE D'AIMER

365. **Léon-Paul Fargue** DÎNER DE LUNE
366. **Maurice Sachs** LA CHASSE À COURRE
367. **Jean Grenier** VOIR NAPLES
368. **Valery Larbaud** AUX COULEURS DE ROME
369. **Marcel Schwob** CŒUR DOUBLE
370. **Aragon** LES AVENTURES DE TÉLÉMAQUE
371. **Jacques Stephen Alexis** LES ARBRES MUSICIENS
372. **André Pieyre de Mandiargues** PORTE DÉVERGONDÉE
373. **Philippe Soupault** LE NÈGRE
374. **Philippe Soupault** LES DERNIÈRES NUITS DE PARIS
375. **Michel Leiris** MOTS SANS MÉMOIRE
376. **Daniel-Henry Kahnweiler** ENTRETIENS AVEC FRANCIS CRÉMIEUX
377. **Jules Supervielle** PREMIERS PAS DE L'UNIVERS
378. **Louise de Vilmorin** LA LETTRE DANS UN TAXI
379. **Henri Michaux** PASSAGES
380. **Georges Bataille** LE COUPABLE suivi de L'ALLELUIAH
381. **Aragon** THÉÂTRE/ROMAN
382. **Paul Morand** TAIS-TOI
383. **Raymond Guérin** LA TÊTE VIDE
384. **Jean Grenier** INSPIRATIONS MÉDITERRANÉENNES
385. **Jean Tardieu** ON VIENT CHERCHER MONSIEUR JEAN
386. **Jules Renard** L'ŒIL CLAIR
387. **Marcel Jouhandeau** LA JEUNESSE DE THÉOPHILE
388. **Eugène Dabit** VILLA OASIS OU LES FAUX BOURGEOIS
389. **André Beucler** LA VILLE ANONYME
390. **Léon-Paul Fargue** REFUGES
391. **J.M.G. Le Clézio** TERRA AMATA
393. **Jean Giraudoux** LES CONTES D'UN MATIN
394. **J.M.G. Le Clézio** L'INCONNU SUR LA TERRE
395. **Jean Paulhan** LES CAUSES CÉLÈBRES
396. **André Pieyre de Mandiargues** LA MOTOCYCLETTE
397. **Louis Guilloux** LABYRINTHE
398. **Jean Giono** CŒURS, PASSIONS, CARACTÈRES
399. **Pablo Picasso** LES QUATRE PETITES FILLES

400. Clément Rosset LETTRE SUR LES CHIMPANZÉS
401. Louise de Vilmorin LE LIT À COLONNES
402. Jean Blanzat L'IGUANE
403. Henry de Montherlant LES BESTIAIRES
404. Jean Prévost LES FRÈRES BOUQUINQUANT
405. Paul Verlaine LES MÉMOIRES D'UN VEUF
406. Louis-Ferdinand Céline SEMMELWEIS
407. Léon-Paul Fargue MÉANDRES
408. Vladimir Maïakovski LETTRES À LILI BRIK (1917-1930)
409. Unica Zürn L'HOMME-JASMIN
410. V. S. Naipaul MIGUEL STREET
411. Jean Schlumberger LE LION DEVENU VIEUX
412. William Faulkner ABSALON, ABSALON !
413. Jules Romains PUISSANCES DE PARIS
414. Iouri Kazakov LA PETITE GARE ET AUTRES NOUVELLES
415. Alexandre Vialatte LE FIDÈLE BERGER
416. Louis-René Des Forêts OSTINATO
417. Edith Wharton CHEZ LES HEUREUX DU MONDE
418. Marguerite Duras ABAHN SABANA DAVID
419. André Hardellet LES CHASSEURS I ET II
420. Maurice Blanchot L'ATTENTE L'OUBLI
421. Frederic Prokosch LA TEMPÊTE ET L'ÉCHO
422. Violette Leduc LA CHASSE À L'AMOUR
423. Michel Leiris À COR ET À CRI
424. Clarice Lispector LE BÂTISSEUR DE RUINES
425. Philippe Sollers NOMBRES
426. Hermann Broch LES IRRESPONSABLES
427. Jean Grenier LETTRES D'ÉGYPTE, 1950 suivi d'UN ÉTÉ AU LIBAN
428. Henri Calet LE BOUQUET
429. Iouri Tynianov LE DISGRACIÉ
430. André Gide AINSI SOIT-IL OU LES JEUX SONT FAITS
431. Philippe Sollers LOIS
432. Antonin Artaud VAN GOGH, LE SUICIDÉ DE LA SOCIÉTÉ
433. André Pieyre de Mandiargues SOUS LA LAME

434. **Thomas Hardy** LES PETITES IRONIES DE LA VIE

435. **Gilbert Keith Chesterton** LE NAPOLÉON DE NOTTING HILL

436. **Theodor Fontane** EFFI BRIEST

437. **Bruno Schulz** LE SANATORIUM AU CROQUE-MORT

438. **André Hardellet** ONEÏROS OU LA BELLE LURETTE

439. **William Faulkner** SI JE T'OUBLIE, JÉRUSALEM. LES PALMIERS SAUVAGES

440. **Charlotte Brontë** LE PROFESSEUR

441. **Philippe Sollers** H

442. **Louis-Ferdinand Céline** BALLETS SANS MUSIQUE, SANS RIEN précédé de SECRETS DANS L'ÎLE et suivi de PROGRÈS

443. **Conrad Aiken** AU-DESSUS DE L'ABYSSE

444. **Jean Forton** L'ÉPINGLE DU JEU

446. **Edith Wharton** VOYAGE AU MAROC

447. **Italo Svevo** UNE VIE

448. **Thomas De Quincey** LA NONNE MILITAIRE D'ESPAGNE

449. **Anne Brontë** AGNÈS GREY

450. **Stig Dagerman** LE SERPENT

451. **August Strindberg** INFERNO

452. **Paul Morand** HÉCATE ET SES CHIENS

453. **Theodor Francis Powys** LE CAPITAINE PATCH

454. **Salvador Dali** LA VIE SECRÈTE DE SALVADOR DALI

455. **Edith Wharton** LE FILS ET AUTRES NOUVELLES

456. **John Dos Passos** LA BELLE VIE

457. **Juliette Drouet** « MON GRAND PETIT HOMME... »

458. **Michel Leiris** NUITS SANS NUIT

459. **Frederic Prokosch** BÉATRICE CENCI

460. **Leonardo Sciascia** LES ONCLES DE SICILE

461. **Rabindranath Tagore** LE VAGABOND ET AUTRES HISTOIRES

462. **Thomas De Quincey** DE L'ASSASSINAT CONSIDÉRÉ COMME UN DES BEAUX-ARTS

463. **Jean Potocki** MANUSCRIT TROUVÉ À SARAGOSSE

464. **Boris Vian** VERCOQUIN ET LE PLANCTON

465. **Gilbert Keith Chesterton** LE NOMMÉ JEUDI

466. **Iris Murdoch** PÂQUES SANGLANTES
467. **Rabindranath Tagore** LE NAUFRAGE
468. **José Maria Arguedas** LES FLEUVES PROFONDS
469. **Truman Capote** LES MUSES PARLENT
470. **Thomas Bernhard** LA CAVE
471. **Ernst von Salomon** LE DESTIN DE A.D.
472. **Gilbert Keith Chesterton** LE CLUB DES MÉTIERS BIZARRES
473. **Eugène Ionesco** LA PHOTO DU COLONEL
474. **André Gide** LE VOYAGE D'URIEN
475. **Julio Cortázar** OCTAÈDRE
476. **Bohumil Hrabal** LA CHEVELURE SACRIFIÉE
477. **Sylvia Townsend Warner** UNE LUBIE DE MONSIEUR FORTUNE
478. **Jean Tardieu** LE PROFESSEUR FRŒPPEL
479. **Joseph Roth** CONTE DE LA 1002[E] NUIT
480. **Kôbô Abe** CAHIER KANGOUROU
481. **Rainer Maria Rilke, Boris Pasternak, Marina Tsvétaïeva** CORRESPONDANCE À TROIS
482. **Philippe Soupault** HISTOIRE D'UN BLANC
483. **Malcolm de Chazal** LA VIE FILTRÉE
484. **Henri Thomas** LE SEAU À CHARBON
485. **Flannery O'Connor** L'HABITUDE D'ÊTRE
486. **Erskine Caldwell** UN PAUVRE TYPE
487. **Florence Delay** MINUIT SUR LES JEUX
488. **Sylvia Townsend Warner** LE CŒUR PUR
489. **Joao Ubaldo Ribeiro** SERGENT GETULIO
490. **Thomas Bernhard** BÉTON
491. **Iris Murdoch** LE PRINCE NOIR
492. **Christian Dotremont** LA PIERRE ET L'OREILLER
493. **Henri Michaux** FAÇONS D'ENDORMI, FAÇONS D'ÉVEILLÉ
494. **Meša Selimović** LE DERVICHE ET LA MORT
495. **Francis Ponge** NIOQUE DE L'AVANT-PRINTEMPS
496. **Julio Cortázar** TOUS LES FEUX LE FEU
497. **William Styron** UN LIT DE TÉNÈBRES
498. **Joseph Roth** LA TOILE D'ARAIGNÉE

499. **Marc Bernard** VACANCES
500. **Romain Gary** L'HOMME À LA COLOMBE
501. **Maurice Blanchot** AMINADAB
502. **Jean Rhys** LA PRISONNIÈRE DES SARGASSES
503. **Jane Austen** L'ABBAYE DE NORTHANGER
504. **D. H. Lawrence** JACK DANS LA BROUSSE
505. **Ivan Bounine** L'AMOUR DE MITIA
506. **Thomas Raucat** L'HONORABLE PARTIE DE CAMPAGNE
507. **Frederic Prokosch** HASARDS DE L'ARABIE HEUREUSE
508. **Julio Cortázar** FIN DE JEU
509. **Bruno Schulz** LES BOUTIQUES DE CANNELLE
510. **Pierre Bost** MONSIEUR LADMIRAL VA BIENTÔT MOURIR
511. **Paul Nizan** LE CHEVAL DE TROIE
512. **Thomas Bernhard** CORRECTIONS
513. **Jean Rhys** VOYAGE DANS LES TÉNÈBRES
514. **Alberto Moravia** LE QUADRILLE DES MASQUES
515. **Hermann Ungar** LES HOMMES MUTILÉS
516. **Giorgi Bassani** LE HÉRON
517. **Marguerite Radclyffe Hall** LE PUITS DE SOLITUDE
518. **Joyce Mansour** HISTOIRES NOCIVES
519. **Eugène Dabit** LE MAL DE VIVRE
520. **Alberto Savinio** TOUTE LA VIE
521. **Hugo von Hofmannsthal** ANDRÉAS ET AUTRES RÉCITS
522. **Charles-Ferdinand Ramuz** VIE DE SAMUEL BELET
523. **Lieou Ngo** PÉRÉGRINATIONS D'UN CLOCHARD
524. **Hermann Broch** LE TENTATEUR
525. **Louis-René Des Forêts** PAS À PAS JUSQU'AU DERNIER
526. **Bernard Noël** LE 19 OCTOBRE 1977
527. **Jean Giono** LES TROIS ARBRES DE PALZEM
528. **Amos Tutuola** L'IVROGNE DANS LA BROUSSE
529. **Marcel Jouhandeau** DE L'ABJECTION
530. **Raymond Guérin** QUAND VIENT LA FIN
531. **Mercè Rodoreda** LA PLACE DU DIAMANT
532. **Henry Miller** LES LIVRES DE MA VIE

533. **R. L. Stevenson** OLLALA DES MONTAGNES
534. **Ödön von Horváth** UN FILS DE NOTRE TEMPS
535. **Rudyard Kipling** LA LUMIÈRE QUI S'ÉTEINT
536. **Shelby Foote** TOURBILLON
537. **Maurice Sachs** ALIAS
538. **Paul Morand** LES EXTRAVAGANTS
539. **Seishi Yokomizo** LA HACHE, LE KOTO ET LE CHRYSANTHÈME
540. **Vladimir Makanine** LA BRÈCHE
541. **Robert Walser** LA PROMENADE
542. **Elio Vittorini** LES HOMMES ET LES AUTRES
543. **Nedim Gürsel** UN LONG ÉTÉ À ISTANBUL
544. **James Bowles** DEUX DAMES SÉRIEUSES
545. **Paul Bowles** RÉVEILLON À TANGER
546. **Hervé Guibert** MAUVE LE VIERGE
547. **Louis-Ferdinand Céline** MAUDITS SOUPIRS POUR UNE AUTRE FOIS
548. **Thomas Bernhard** L'ORIGINE
549. **J. Rodolfo Wilcock** LE STÉRÉOSCOPE DES SOLITAIRES
550. **Thomas Bernhard** LE SOUFFLE
551. **Beppe Fenoglio** LA PAIE DU SAMEDI
552. **James M. Cain** MILDRED PIERCE
553. **Alfred Döblin** VOYAGE BABYLONIEN
554. **Pierre Guyotat** PROSTITUTION
555. **John Dos Passos** LA GRANDE ÉPOQUE
556. **Cesare Pavese** AVANT QUE LE COQ CHANTE
557. **Ferdinando Camon** APOTHÉOSE
558. **Pierre Drieu la Rochelle** BLÈCHE
559. **Paul Morand** FIN DE SIÈCLE
560. **Juan Marsé** LE FANTÔME DU CINÉMA ROXY
561. **Salvatore Satta** LA VÉRANDA
562. **Erskine Caldwell** TOUTE LA VÉRITÉ
563. **Donald Windham** CANICULE
564. **Camilo José Cela** LAZARILLO DE TORMÈS
565. **Jean Giono** FAUST AU VILLAGE
566. **Ivy Compton-Burnett** DES HOMMES ET DES FEMMES

567. Alejo Carpentier LE RECOURS DE LA MÉTHODE
568. Michel de Ghelderode SORTILÈGES
569. Mercè Rodoreda LA MORT ET LE PRINTEMPS
570. Mercè Rodoreda TANT ET TANT DE GUERRE
571. Peter Matthiessen EN LIBERTÉ DANS LES CHAMPS DU SEIGNEUR
572. Damon Runyon NOCTURNES DANS BROADWAY
573. Iris Murdoch UNE TÊTE COUPÉE
574. Jean Cocteau TOUR DU MONDE EN 80 JOURS
575. Juan Rulfo LE COQ D'OR
576. Joseph Conrad LA RESCOUSSE
577. Jaroslav Hašek DERNIÈRES AVENTURES DU BRAVE SOLDAT CHVÉÏK
578. Jean-Loup Trassard L'ANCOLIE
579. Panaït Istrati NERRANTSOULA
580. Ana María Matute LE TEMPS
581. Thomas Bernhard EXTINCTION
582. Donald Barthelme LA VILLE EST TRISTE
583. Philippe Soupault LE GRAND HOMME
584. Robert Walser LA ROSE
585. Pablo Neruda NÉ POUR NAÎTRE
586. Thomas Hardy LE TROMPETTE-MAJOR
587. Pierre Bergounioux L'ORPHELIN
588. Marguerite Duras NATHALIE GRANGER suivi de LA FEMME DU GANGE
589. Jean Tardieu LES TOURS DE TRÉBIZONDE
590. Stéphane Mallarmé THÈMES ANGLAIS POUR TOUTES LES GRAMMAIRES
591. Sherwood Anderson WINESBURG-EN-OHIO
592. Luigi Pirandello VIEILLE SICILE
593. Guillaume Apollinaire LETTRES À LOU
594. Emmanuel Berl PRÉSENCE DES MORTS
595. Charles-Ferdinand Ramuz LA SÉPARATION DES RACES
596. Michel Chaillou DOMESTIQUE CHEZ MONTAIGNE
597. John Keats LETTRES À FANNY BRAWNE
598. Jean Métellus LA FAMILLE VORTEX
599. Thomas Mofolo CHAKA

600. **Marcel Jouhandeau** LE LIVRE DE MON PÈRE ET DE MA MÈRE
601. **Hans Magnus Enzensberger** LE BREF ÉTÉ DE L'ANARCHIE
602. **Raymond Queneau** UNE HISTOIRE MODÈLE
603. **Joseph Kessel** AU GRAND SOCCO
604. **Georges Perec** LA BOUTIQUE OBSCURE
605. **Pierre Jean Jouve** HÉCATE suivi de VAGADU
606. **Jean Paulhan** BRAQUE LE PATRON
607. **Jean Grenier** SUR LA MORT D'UN CHIEN
608. **Nathaniel Hawthorne** VALJOIE
609. **Camilo José Cela** VOYAGE EN ALCARRIA
610. **Leonardo Sciascia** TODO MODO
611. **Théodor Fontane** MADAME JENNY TREIBEL
612. **Charles-Louis Philippe** CROQUIGNOLE
613. **Kôbô Abé** RENDEZ-VOUS SECRET
614. **Pierre Bourgeade** NEW YORK PARTY
615. **Juan Carlos Onetti** LE CHANTIER
616. **Giorgio Bassani** L'ODEUR DU FOIN
617. **Louis Calaferte** PROMENADE DANS UN PARC
618. **Henri Bosco** UN OUBLI MOINS PROFOND
619. **Pierre Herbart** LA LIGNE DE FORCE
620. **V. S. Naipaul** MIGUEL STREET
621. **Novalis** HENRI D'OFTERDINGEN
622. **Thomas Bernhard** LE FROID
623. **Iouri Bouïda** LE TRAIN ZÉRO
624. **Josef Škvorecký** MIRACLE EN BOHÊME
625. **Kenzaburô Ôé** ARRACHEZ LES BOURGEONS, TIREZ SUR LES ENFANTS
626. **Rabindranath Tagore** MASHI
627. **Victor Hugo** LE PROMONTOIRE DU SONGE
628. **Eugène Dabit** L'ÎLE
629. **Herman Melville** OMOU
630. **Juan Carlos Onetti** LES BAS-FONDS DU RÊVE
631. **Julio Cortázar** GÎTES
632. **Silvina Ocampo** MÉMOIRES SECRÈTES D'UNE POUPÉE
633. **Flannery O'Connor** LA SAGESSE DANS LE SANG

634. **Paul Morand** LE FLAGELLANT DE SÉVILLE
635. **Henri Michaux** DÉPLACEMENTS DÉGAGEMENTS
636. **Robert Desnos** DE L'ÉROTISME
637. **Raymond Roussel** LA DOUBLURE
638. **Panaït Istrati** ONCLE ANGHEL
639. **Henry James** LA MAISON NATALE
640. **André Hardellet** DONNEZ-MOI LE TEMPS suivi de LA PROMENADE IMAGINAIRE
641. **Patrick White** UNE CEINTURE DE FEUILLES
642. **F. Scott Fitzgerald** TOUS LES JEUNES GENS TRISTES
643. **Jean-Jacques Schuhl** TÉLEX N° 1
644. **Guillaume Apollinaire** LES TROIS DON JUAN
645. **Curzio Malaparte** LE BAL AU KREMLIN
646. **Rainer Maria Rilke** DEUX HISTOIRES PRAGOISES
647. **Junichirô Tanizaki** LE SECRET ET AUTRES TEXTES
648. **V. S. Naipaul** UN DRAPEAU SUR L'ÎLE
649. **Adalbert Stifter** LES GRANDS BOIS
650. **Joseph Conrad** AU CŒUR DES TÉNÈBRES
651. **Piotr Rawicz** LE SANG DU CIEL
652. **Julio Cortázar** FAÇONS DE PERDRE
653. **Henri Calet** DE MA LUCARNE
654. **William Faulkner** LES LARRONS
655. **Truman Capote** LES CHIENS ABOIENT
656. **Robert Walser** LE BRIGAND
657. **Jean Rhys** SOURIEZ, S'IL VOUS PLAÎT
658. **Mouloudji** ENRICO
659. **Philippe Soupault** CHARLOT
660. **Patrick White** ÉDEN-VILLE
661. **Beppe Fenoglio** L'EMBUSCADE
662. **Cesare Pavese** LE BEL ÉTÉ
663. **Iris Murdoch** AMOUR PROFANE, AMOUR SACRÉ
664. **Giuseppe Antonio Borgese** VIE DE FILIPPO RUBÈ
665. **Federico García Lorca** IMPRESSIONS ET PAYSAGES
666. **Blaise Cendrars** MON VOYAGE EN AMÉRIQUE suivi du RETOUR

667. **Graciliano Ramos** SÃO BERNARDO
668. **Darcy Ribeiro** UTOPIE SAUVAGE
669. **Pierre Gascar** LE PRÉSAGE
670. **Cesare Pavese** SALUT MASINO
671. **D. H. Lawrence** LES FILLES DU PASTEUR
672. **Violette Leduc** LA VIEILLE FILLE ET LE MORT
673. **Marcel Proust** CHRONIQUES
674. **Philippe Soupault** LE TEMPS DES ASSASSINS
675. **Claudio Magris** ENQUÊTE SUR UN SABRE
676. **Alejo Carpentier** CHASSE À L'HOMME
677. **Roger Caillois** PONCE PILATE
678. **Jean Paulhan** LE GUERRIER APPLIQUÉ. PROGRÈS EN AMOUR ASSEZ LENTS. LALIE
679. **Milan Füst** L'HISTOIRE DE MA FEMME
680. **Marc Bernard** MAYORQUINAS
681. **Ernst von Salomon** LE QUESTIONNAIRE
682. **Nelson Algren** LA RUE CHAUDE
683. **Thomas Bernhard** UN ENFANT
684. **Jorge Luis Borges** ANTHOLOGIE PERSONNELLE
685. **Violette Leduc** LA FEMME AU PETIT RENARD
686. **Isaac Babel** CONTES D'ODESSA suivi de NOUVELLES
687. **Karen Blixen** LETTRES D'AFRIQUE 1914-1931
688. **Robert Desnos** NOUVELLES HÉBRIDES suivi de DADA-SURRÉALISME 1927
689. **Kenzaburô Ôé** LE JEU DU SIÈCLE
690. **Joseph Conrad** UN PARIA DES ÎLES
691. **Inès Cagnati** LE JOUR DE CONGÉ
692. **Kenzaburô Ôé** LE FASTE DES MORTS
693. **Raymond Queneau** LE DIMANCHE DE LA VIE
694. **Louis Calaferte** C'EST LA GUERRE
695. **Vladimir Nabokov** ROI, DAME, VALET
696. **Lawrence Durrell** LE SOURIRE DU TAO
697. **Henri Calet** FIÈVRE DES POLDERS
698. **Eugène Ionesco** LE BLANC ET LE NOIR
699. **Erskine Caldwell** LES VOIES DU SEIGNEUR

700. **Vassili Axionov** L'OISEAU D'ACIER
701. **John Updike** COUPLES
702. **Thomas Bernhard** LES MANGE-PAS-CHER
703. **Alejo Carpentier** LA DANSE SACRALE
704. **John Edgar Wideman** DEUX VILLES
705. **Réjean Ducharme** DÉVADÉ
706. **Lawrence Osborne** ANIA MALINA
707. **René Depestre** ALLÉLUIA POUR UNE FEMME-JARDIN
708. **Hector Bianciotti** SANS LA MISÉRICORDE DU CHRIST
709. **Nathalie Sarraute** MARTEREAU
710. **Isaac Babel** CAVALERIE ROUGE
711. **Panaït Istrati** CODINE. MIKHAÏL. MES DÉPARTS. LE PÊCHEUR D'ÉPONGES
712. **John Rechy** CITÉ DE LA NUIT
713. **Peter Handke** HISTOIRE D'ENFANT
714. **Ernst Jünger** LE LANCE-PIERRES
715. **John Dos Passos** AVENTURES D'UN JEUNE HOMME
716. **Anna Maria Ortese** LA DOULEUR DU CHARDONNERET
717. **Victor Segalen** LETTRES D'UNE VIE
718. **Jean Giono** POUR SALUER MELVILLE
719. **Herman Melville** PIERRE OU LES AMBIGUÏTÉS
720. **Herman Melville** VAREUSE-BLANCHE
721. **Amos Oz** JUSQU'À LA MORT
722. **Amos Oz** LA COLLINE DU MAUVAIS-CONSEIL
723. **Anna Maria Ortese** L'IGUANE
724. **Isaac Babel** MES PREMIERS HONORAIRES
725. **Natalie Barney** NOUVELLES PENSÉES DE L'AMAZONE
726. **William Styron** LA PROIE DES FLAMMES I
727. **William Styron** LA PROIE DES FLAMMES II
728. **Gisèle Halimi** LE LAIT DE L'ORANGER
729. **Andrée Viollis** CRIQUET
730. **Hélène Cixous** LE LIVRE DE PROMETHEA
731. **Chantal Akerman** MA MÈRE RIT
732. **Hervé Guibert** L'INCOGNITO
733. **Édouard Glissant** LE QUATRIÈME SIÈCLE

Achevé d'imprimer par Dupliprint à Domont (95) en mai 2024.
Dépôt légal : mai 2024.
Premier dépôt légal dans la collection : septembre 1979.
Numéro d'imprimeur : 2024040777.
ISBN : 978-2-07-028778-9/Imprimé en France

639028